前嶋義高
千住組舎弟頭。
先代に拾われ、組内のことを仕切っている。
斉木奏
先々代から千住組とは家ぐるみの付き合いのある税理士。
前嶋とも以前からの顔なじみ。

最凶の恋人 —極道と俳優—

水壬楓子
FUUKO MINAMI

Illustration
しおべり由生

SLASH
B-BOY NOVELS

この物語はフィクションであり、実際の人物・
団体・事件等とは、一切関係ありません。

CONTENTS

youthful days —極道と俳優—

タクシーがすべりこむようにホテルのエントランスに横付けされる。

支払いをすませ、降りながらちらっと腕時計に目をやると、すでにパーティーは始まっている時間だった。

ロビーへ一歩足を踏み入れると、きらびやかな、どこか作り物めいた空気が押し包むように迫ってくる。

高級ホテルのロビーがいつもはどんな雰囲気だかよくわからないが、それでもふだん以上に客は多いのだろう。

行き交う男性はいかにも高級なスーツ姿。そして女性陣は、華やかなドレスや豪華な着物姿だ。

名前は覚えていなくても、どこかで見たような顔も多い。

しかしそんな目の前の光景に、ケイはちょっとため息をついた。

ふと横を見ると、大きなガラスの向こうには、雨に濡れた深い緑が一枚の画のように広がっている。

誘われるように、彼はホテルの広い庭へふらりと足を踏み出していた。

雨上がりで足下がすべりやすかったが、緑の匂いが強く、洗い流されたあとの新鮮な空気がいっぱいに身体に入りこんできて心地よい。

都内のど真ん中とは思えない広い庭で、遊歩道に沿って絶妙に配された木々に建物が隠され、シン…と静けさが沁みこんでくる。

少し気持ちが落ち着いてきた。

面倒な仕事——これも仕事の一環だという認識のパーティーで、来る前からうんざりしていたのだが。

ふっと、十二年前を思い出す。

あの時も雨上がりだったな…、と。

彼の手の感触がふいによみがえってくるようで、無意識に片手が自分の頬を撫でる。

胸が疼くようだった。

もう、十二年もたつのに。

……自分は、あの人に認めてもらえるくらいの男になれたのだろうか？

そんな疑問が頭をかすめ、いや、まだまだだろうな…、と苦笑する。

ふぅ…、と大きく息を吸いこんだ。

もっと余裕を持たないと、と自分に言い聞かせる。

と、ポケットの携帯がかすかな着信音をたてた。ちらっと発信者を確認すると、マネージャーからだ。

『遊馬《あすま》さん？　今どこですかっ？』

もしもし、と応答すると、あせるように問われる。

ずいぶん信用がないな、と苦笑した。

「大丈夫だって。来てるよ。今、ホテルに入ったとこ。……ああ、わかってる。社長はもう来てるんだよね？　捕まえるよ。……うん」

もともと収録の都合で遅れることは知らせてあったが、どうやら事務所の社長から問い合わせがあったようだ。

遊馬ケイ——三十一歳。

若手と言える年ではなく、芸歴も十年以上にはなるが、ここ一、二年で大きく注目されるようになった人気俳優である。

個性的な演技派としての評価が高く、かつてはダークサイドの役が多かったのだが、最近では少しずつ幅が広がっていた。映画やドラマでも、主演でのオファーが入り始めている。

今日このホテルで催されているのは、大手芸能プロダクション会長の古稀《こき》を祝うパーティーだった。

すでに一線である社長職からは身を引いていたが、まだまだ発言力は大きく「芸能界のドン」と呼ばれるその会長とは、事務所も違うし、ケイ自身はもちろん、面識などもない。

が、どうやら、その可愛がっている孫娘がケイのファンであるらしく、事務所の社長のところにきた招待状に、できれば遊馬ケイを同伴してほしい、と一筆添えられていた。

できれば、とはあるが、会長《ドン》からの直接の指示である。

各界の著名人が集まる二千人規模のパーティーで、顔つなぎの場にもなるし、海外ロケとか不可避の状況でなければ一緒に来い、という社長からの命令だった。

誰かに媚びるようにして仕事をとりたいとは思わない。が、この年になれば、業界的なつきあいや根回しといったことが必要なことも学んでいた。ともあれ、無難に挨拶して、その孫娘と写真の一枚も撮ればお役御免になるだろう、と思いながら、ケイは館内へもどっていった。

マットで軽く靴の泥を落とし、バンケットホール専用の玄関口から再び足を踏み入れる。広いエントランスホールは招待客でごった返しており、声高な話し声や笑い声があちこちから響いてくる。そこここで知り合いたちを捕まえ、顔を突き合わせて営業活動に余念がない。さすがにこのホールでは、ホテルスタッフをのぞけば、行き違う人間は招待客ばかりのようだった。

芸能関係者の集まりとはいえ、今回のパーティーに宣伝の要素は一切なく、そのため特に公にされてもおらず、メディア関係は完全にシャットアウトされている。見たところ、よくテレビにも映る政治家や経済界の大物の姿もあり、「会長」の幅広いつきあいがうかがえた。

「——おう、遊馬！　なんだ、おまえも来てたのか」

「あら、遊馬くん。パーティーなんてめずらしーっ」

めざとく見つけられ、顔見知りのプロデューサーやら、共演したことのある役者仲間たちから次々とかかる声に適当に返しながら、きょろきょろとあたりを見まわして事務所の社長を探す。

が、メインホールの中はさらにすごい人混みで、これは電話して落ち合わないと無理だな…、と戸口の段階であきらめた。

遙か遠い舞台上では、アナウンサーらしき女性がマイクを手に何かしゃべっていたが、その内容もほとんど聞き取れない。

エントランスホールの隅の、少し余裕があるスペースに避難して携帯を取り出す。

アドレスから社長の名前を選び、呼び出している途中だった。

携帯を耳に当てたまま、特にあてもなくあたりを眺めていたケイの目に、通り過ぎる一人の男の横顔が飛びこんでくる。

――え？

と、一瞬、頭の中が真っ白になった。

まさか、と思い、人混みの中でとっさに視線をめぐらせる。

パーティーの開始からまだ一時間足らずのはずだが、彼は会場へ入る流れとは逆に広間を出て、どうやら早くも帰るところのようだった。

まともに顔を見たのは十二年ぶり――だったが、間違いない。

間違えるはずもなかった。後ろ姿だけでも。

クロークに預けた手荷物もないようで、素通りして専用の玄関へ向かっている。

「待って……！」

とっさにケイは電話を切り、入り乱れる客たちをかき分けるようにしてあとを追った。

「待ってくださいっ、狩屋《かりや》さんっ！」

まわりの喧噪《けんそう》でなかば声はかき消されていたが、男の足がふっと止まった。

わずかに目をすがめてから、前を行く男に何かささやいた。どうやら連れがいたようだ。

ゆっくりと振り返った男の視線がゆっくりとあたりを確認し、すぐにケイをとらえる。

その間にも、ケイは何度も人にぶつかりそうになってはあやまりつつ、もどかしい思いで男に近づこうとした。

「狩屋さん！」

しかし一瞬、誰かの陰に隠れたかと思うと、あっという間に視界から消え、ケイは思わず声を上げて立ちすくむ。無意識にぎゅっと拳を握った。

逃げた……のか？

というより、自分に会う価値などない、と？

そんな想像にひやりと心臓が凍る。

「ケイ」

しかしふいに背中から穏やかな声が聞え、ハッと振り返った。

大きな柱の陰に男が二人、立っていた。

「あまり大きな声を上げないようにお願いします」

「す…すみませんっ」

狩屋に静かに注意され、ケイはガバッと頭を下げてあやまった。最敬礼に近い。

今の知り合いがそんなケイの姿を見たら、ひどく驚くだろう。

基本的にケイは、淡々とクールなキャラに見られている。礼儀正しくはあるが、誰にも媚《こ》びず、へつらわず。

狩屋に対してはある種の条件反射だったが、しかし男の口調は、あの頃自分に向けられていたものとはまったく違っていた。

ずっと丁寧で優しくて——その分、よそよそしい。

世界が違うのだと、そう教えるみたいに。

胸が苦しくなる。

それでもようやく顔を上げて、あらためて二人を見つめた。

そしてもう一人の男が誰なのか、ようやく気づく。

「あ…、千住《せんじゅ》、さん……」

そしてあわてて、あらためて深く頭を下げた。

「ご無沙汰してます。覚えていらっしゃらないと思いますが、昔、一時期……そちらにはお世話になって」

「覚えてるよ。だいぶん前にうちに研修に来てた若いのだろ」

それに男が薄く笑って言った。

「こんなところで、うかつに俺たちに声はかけない方がいいんじゃねぇのか？」

……そう。もちろんそうなのだろう。

なにしろ彼は、指定暴力団千住組の組長、千住柾鷹《まさたか》なのだ。

そしてそばにいるのは、狩屋秋俊《あきとし》。

千住組の若頭《わかがしら》だった――。

※　※

待ち合わせは赤門《あかもん》近くの喫茶店だった。

店内は薄暗くレトロな雰囲気で、スパイシーなカレーの匂いがかすかに漂ってくる。

馴染みのない場所で、彼は落ち着きなくきょろきょろしてしまった。

初対面の相手だが目印などは教えられておらず、向こうが見つけてくれるさ、と紹介者は気楽に言っていたが――なにしろ相手が相手だ。失礼があってはならない。

怒らせたら恐い相手であり、しかもその恐い相手に、不躾《ぶしつけ》な頼み事をしなければならないのだ。

しかしザッと店内を見まわした限り、それらしい男の姿はない。

毎年官僚を大量に生産している某国立大学にほど近く、ノートに向き合ったり、端末を操作している学生らしきの姿が数人と、近所のおっさんらしい姿が二人ばかり。

ランチタイムから外れていたせいか女性客の姿はなく、ちらっと顔を上げたカウンターの向こうのマスターらしい男に、彼は曖昧に頭を下げた。

意外と奥が広く、おずおずと店内を進んでいく。

と、一番奥の壁際に腰を下ろしていた男がふっと手元のノートから顔を上げ、わずかに目をすがめてこちらを眺めた。

そして軽く手を上げて合図してくる。

ちょっと息を吐き、そしてあらためて腹に力を入れ直して、彼はそちらに近づいていく。

「あの…、狩屋さんですか?」

「ああ。そうだ」

立ったまま確認すると、相手がゆっくりと手元のノートを閉じながらうなずいた。

どうぞ、と無造作にうながされ、向かいの席に腰を下ろす。後ろで待っていたらしいウェイターが早々に水を置いたので、コーヒーをお願いします、と何も考えずに頼む。

そしてようやく、目の前の男をまともに眺めた。

思っていたより、ずっと若かった。

自分より、せいぜい三つか四つ年上だろうか。二十歳をいくつか過ぎたくらい。

いや、片付けられた勉強道具を見ればまだ学生なのだろう。とすれば、もっと若いのかもしれなかった。

ただそれに似合わない落ち着きを感じるのは、この男がただの学生ではないという先入観なのか。

「名前は？」

向き合って静かに聞かれ、いくぶん早口に自己紹介する。

「遊馬…、圭祐《けいすけ》と言います。十九です」

それに小さくうなずいてから、狩屋が言った。

「箕島《みしま》から一通り、話は聞いている。三カ月限定でヤクザの舎弟《しゃてい》になりたいと？」

「は…はい…！　お願いしますっ」

膝で拳を握りしめ、うわずった声でなんとか答える。

そんな彼をじっと見つめたまま、狩屋が静かに続けた。

「三カ月か…。舎弟という言葉の意味がわかっていれば、そう軽々しく口にはできないはずだが。

盃《さかずき》の重さもな」

静かなだけに重い言葉に、思わず息が止まる。

「バイト感覚や腰掛けでやるようなものでもない」

「し…失礼だというのは十分にわかっています…！　ただ……」

勢いで声を上げて、しかし自分の思いをどう説明していいのか言葉につまる。

「事情は聞いている。君が真剣だというのもわかっている」

それをさらりと狩屋が受け止めた。

思わず小さく息を吐く。

「はい…。その、遊びのつもりはありません。見習いっていうんですか…？　期限はありますけど、本気でやります！　その間は末端の扱いでかまいません。給料とかいりませんし、何でもします…！　パシリでもなんでもっ。とにかく使ってくれませんかっ？」

とにかく遊び半分ではないと、それだけを一心に伝えようとした。

それに狩屋が小さく笑う。

「もともと構成員でもない末端に給料はない。特別なことはできないし、君が思っているようなおもしろい体験ができるとも限らない。何もなく終わるかもしれないし、逆に君自身、不愉快な目に会う可能性もあるが……」

「かまいません…！」

狩屋の言いかけた言葉をさえぎるように、声を上げていた。

これに賭けるしかない、それならとことんまでやりきりたい――。

そんな気持ちだった。

ちょうどコーヒーを運んできたウェイターが彼の声にちょっとびっくりしたように、おそるおそるカップを置いて素早く離れる。

遊馬圭祐は、俳優志望だった。

とはいえ、実は七つ八つの頃に一度子役としてデビューしており、ほんの一瞬だけ、名前が売れたこともある。

だがそのことで両親の間では諍《いさか》いが絶えず、結局離婚して母親に引き取られた。

芸能活動に熱心な母親だったが、離婚以来ますます息子のマネージメントにのめりこみ、だんだんと事務所やスタッフ相手にうるさく口を出すようになって。

その頃の彼自身は、役者という認識もまともになかったが、仕事自体は楽しかった。が、まわりにちやほやされてちょっと天狗になっていたところはあったのだろう。

そして母親もあちこちで衝突するようになって、あっという間に仕事はなくなっていった。

そうでなくとも業界のサイクルは早い。

まわりの大人たちは手の平を返すように去っていき、週刊誌で生意気だの、金に汚いだのなんだのと中傷記事が出て、学校の友達からも陰口をたたかれた。

母は家に若い男を連れ込み、結局彼は地方の実家にもどって家業の小さな旅館を継いでいた父親を頼った。

そこで過去の自分を捨てて生きてきた。

誰からも隠れるみたいに、どうせ使い捨てだったのだ、と卑屈になって。

それでももう一度やってみたいと思ったのは、高二の時、たまたま誘われて断れずに見に行った映画に激しく揺さぶられたからだ。

きちんと映画を見たのは初めてだった。芸能界を離れてから、ずっと映画やテレビのドラマなども避けていたから。

演じる側でなく、見る側に立って初めて、あれだけ大勢の人間が関わってこれほどの世界が作れるのだ——とようやく気づいた気がした。

その映画に、昔、一緒に子役としてやっていた少年が出ていたことも大きかったのかもしれない。

子役から大成するのは難しい。その子もやはり一度、芸能界からは引退していた。

それが今では見違えるように大きく成長し、再び脚光を浴びている姿を見ると、いてもたってもいられない気持ちになった。

悔しかったし、自分ももう一度芝居をしたい、あそこでやってみたい——という気持ちが抑えられなくなった。

高校を卒業し、上京して、手当たり次第に見まくった小劇団の中で自分に合っていそうなところに飛びこんで。

過去のキャリアなど何の価値もなく、本当に一から勉強し直した。

ただ、当然ながら、なかなかチャンスはめぐってこない。そんなに甘くはない。

これまで父や祖父母にはずいぶんと迷惑をかけたし、父が実家の旅館を継いでもらいたがっていることもわかっていた。

だから上京する時、二十歳になるまで、と父親とは約束した。やるだけやってみて、気がすんだら家で旅館業の修行をする、と。

その期限が、あと三カ月に迫っていた。

そんな中で、ある映画のオーディションを目にしたのだ。主役での募集。しかも二十歳前後の役だ。

鬼才と呼ばれる映画監督の作品で、新人をたたき上げて育てることでも有名な人だった。無名でその監督の作品に出て、一躍名を知られるようになった役者は多い。

そのオーディションがちょうど三カ月後。

これしかない、と思った。

今の段階で明らかにされている内容は、それがヤクザなど裏社会を舞台に描く作品だということだった。

ひょんなことからヤクザに拾われた青年が、その世界でのし上がっていくのが縦軸になる。いろんな人間と出会い、別れ、信じて、裏切られて。

どうしても、この役がやりたかった。

かつて芸能界から逃げ出した自分だが、この映画の中で主人公は歯を食いしばって生き残るのだ。

この役をつかめば、もう一度、この世界で生きる自信ができる。

ならば、「本当のヤクザ」を知るしかない。自分自身で、しっかりと本物を感じるしか。

それが一番、役に近づけるはずだと思った。

かといって、知り合いにヤクザなどいるはずもなく、街でそれらしい男を見かけたとしても、単に粋がってるだけなのか、チンピラ程度の男なのかの区別もつかない。

ヤクザだって――というか、ヤクザだからこそ、見知らぬ男にいきなり「しばらく近くで勉強させてください」などと言われたら、相手をタコ殴りにするだろう。

何かを期待したわけではなく、愚痴《ぐち》のようにそんな状況を打ち明けたのが、箕島という男だった。

――ふーん…。じゃ、紹介してやろうか？　ヤクザ。

にやっと笑ってあっさりと言われ、「狩屋」という名前だけを教えられて、半信半疑で待ち合わせに指定された場所まで来た。

とにかく、何かきっかけが欲しかった。

「箕島とはどういうつながりだ？」

狩屋に聞かれて、ハッと背筋を伸ばす。

「あっ…、えっと、バイト仲間なんです」

「バイト？」

相手が首を傾げる。

「はい。キャバクラのボーイを一緒にやってて」

「あいつ、そんなことやってるのか…」

わずかに目を見張り、いくぶんあきれたように小さくつぶやく。

「あっ…の…！」

そんな様子を見ながら、彼は意を決して声を上げた。

もしチャンスがあるのなら、これだけは伝えておかなければ、というそれこそ決死の思いで。

「俺、覚悟はできてますから…！」

「どんな覚悟だ？」

まっすぐに試すように聞き返され、ゴクリ、と唾を飲む。

「あの…、いつでも……ケツを貸す覚悟はできてます」

顔は強ばっていたが、一気に口にした。

狩屋がわずかに眉をよせる。

「それ、箕島に言われたのか?」

「あ…、はい。そのくらいは…、って」

「あいつの冗談を真に受けるな」

大きなため息とともに、狩屋がバッサリと言った。

「……え?」

——冗談?

何か、一気に気が抜ける気がして、彼は呆然と狩屋を見つめてしまった。

正直なところ、ヤクザ相手なら何か対価がなければ話にならない、と思っていた。が、ギリギリの生活で金などはない。

それこそ、自分の身体くらいしか。

「とにかく、上に話は通す。箕島には借りがあるからな。だが最終的には、上の人間の判断になる」

「は、はい」

テキパキと言われて、背筋を伸ばしつつ答えてから、ふと疑問に思う。

「あの…、狩屋さんは、箕島さんとはどういう…?」

「同じ大学だ」

端的に答えられ、やはり大学生なのか、とうなずく。

しかし、だったら。

「え…、じゃ、そのヤクザの人とはどういう知り合いなんですか？」

大学生とヤクザ、というのがうまくつながらない。

しかも、日本最高峰である大学の学生だ。いったいどこで関わり合いになったのか。

うかがうように尋ねてみたが、狩屋はまっすぐにその目を見返したまま、黙殺した。

視線を合わせていられず、あわてて逸《そ》らしてしまう。恐い。

もしかして、親戚にヤクザがいるとかだろうか…？

ドキドキしていると、狩屋がポケットから出した携帯でどこかへ――「上」へ？――電話を入れ始めた。

店内のせいか、低い声で短めのやりとりが切れ切れに聞こえてくる。

「……ええ、そうです。先日ちらっとご相談した……。はい。……え？　本家に、ですか？

――わかりました」

そんな言葉で携帯を切り、向き直って狩屋が言った。

「今から本家に来てもらうが、かまわないな？」

――本家？

この時まではまだ、もしかすると自分の突拍子もない依頼を逆手にとって、狩屋と箕島とで自分にドッキリを仕掛けているのかも――、という疑いが、頭のどこかに残っていたのかもしれない。大学生の、暇潰しのお遊びとして。

――だが。

神代《かみしろ》会系千住組。

千住組という名前は知っていた。オーディションの募集を見たあと、関東のヤクザ組織を何気なくネットで調べたのだ。

連れて行かれたのは組事務所ではなく、どっしりとした日本家屋の大きな家だった。

豪邸と言っていいだろう。田舎の、父の実家である旅館もそこそこ広い敷地だったが、それ以上だ。場所を考えても、これはすごい。

もちろんその「本家」の表に、堂々と極道の看板を掲げているわけではない。表札にはただ「千住」とあるだけだ。

しかし、門を入るあたりからすでに異質な空気は漂っていた。

いや、その前から徐々に、狩屋という男の底知れなさは感じ始めていた。

喫茶店を出たのが、夕方の四時過ぎ。

その「本家」がどこにあるのかは、この時はわからなかったが、電車で行くのだろう、と思っていた。

しかし大通りへ出て、メトロの階段を降りるのではなく、狩屋はその近くで立ち止まる。

ちらっと腕時計を確認し、車道に視線を流すと、ちょうど目の前にスッ…と黒のホンダレジェンドが横付けされた。

「すみません。お手数をかけます」

えっ？　と思っているうちに、狩屋がリアシートのドアを開け、運転手に丁寧に声をかける。

そして、乗れ、とこちらに声をかけてから、先に中へ乗りこんだ。

驚いたが、ここでおいて行かれるわけにはいかない。

「失礼します…」

と小さな声で断ってから、狩屋のあとに続いた。

バックミラー越しに、じろりといかにも胡散《うさん》臭そうな目で運転手の男がにらんでくる。

着崩れたダークスーツで、二十五、六の男だ。いかにもヤクザの——いや、チンピラというくらいだろうか——物騒な雰囲気をにじませており、さすがに背筋が冷えた。

——本物、なのか？

ようやく実感する。

近くでホンモノのヤクザを知りたいなどと、本当に甘い考えだったのかもしれない、という後悔がちらっとよぎる。

が、今さらあとには引けなかった。

これが最後のチャンスなのだ。なりふり構わず食らいついて、できることはすべてやりきるしかない。

人生で一度くらい、自分のすべてを投げ出す経験があってもいい。

「今日はまっすぐ本家か？」

「ええ。お願いします」

運転手が馴染《なじ》んだ様子で尋ね、狩屋が穏やかにそれに答えている。

「どうだ？　仕事の方は順調なのか？」

車をなめらかにスタートさせながら、運転手が気軽な調子で尋ねた。

——仕事？

と、ちょっと引っかかるが、口を出せる感じでもない。

「ええ、まずまずですね」

「お勉強の方は？」

なかばからかうような口調にも聞こえたが、毒はない。

「そちらもなんとか」

「たいしたもんだ」

男が短く口笛を吹く。

「そういえば、新しい店を予定してるんですよ。バーテンダーを若い女でそろえる形の。今ちょっとはやってきてるんですが、倉木《くらき》さん、知ってますか？」

狩屋が膝の上にカバンから取り出したファイルを広げながら、思い出したように口を開いた。

どうやら運転手は倉木という名前らしい。

「いや？　そうなのか？　キャバ嬢じゃなくバーテンダー？　つーか、若いねーちゃんの作ったカクテルなんざ、うまいのかねぇ…」

倉木が懐疑的にうなった。

「まともな酒飲みを相手にする店じゃありませんから」

「そりゃそうだな」

それにさらりと狩屋が返し、倉木が低く笑う。

完全にもう一人の乗客は無視した形での、馴染んだ会話だった。

「スタッフが若い女ばかりになるので、束《たば》ねる人間が欲しいんですよ。倉木さん、やってみませんか？」

狩屋が事務的に尋ねている。

見たところ、倉木の方が年上のようだが、会話からすると狩屋が仕切る店を任せたい、という感じだ。

……というか、狩屋が？　学生なのに？

いろんな疑問が頭をめぐる。

いやもちろん、学生で起業している人間もいるのだろうが。

「あー…、俺の仕事じゃねぇかもな…。金勘定も必要になんだろ？　女の子の送迎とかならやってもいいけどなー」

自分で言って、ハハハッ、と軽く笑う。

軽いノリだが、店を一軒任せたいと言われてあっさりと断れるのも、ちょっとすごい。普通、飛びつきそうなものだが、意外と冷静に自分の能力を把握しているようだ。

それもこの世界で生きる知恵なのか。

「では、推薦できる人はいませんか？」

狩屋の方も深追いはせず、淡々と話を進めている。

それだけに、おたがいの信頼度が見えるような感じだ。

「そうだなァ…」

片手でハンドルを握ったまま、倉木がこめかみを指で押さえながら考えこんだ。

「金勘定がうまいのは別所《べっしょ》だな。女の扱いがうまいのは千ヶ崎《ちがさき》」

やがて、するりと名前を挙げる。

なるほど、と狩屋が小さくつぶやいて、どうやら手元でメモしたようだ。

「千ヶ崎さんというのは、浜岡《はまおか》補佐のところにいる人ですね？」

「そう。あと、村西《むらにし》の兄貴んとこに、最近西から来た福家《ふくや》ってのが世話になってんだけど、結構やり手らしいな。俺は直では知らねぇんだが。向こうでも商売してたようだし」

「いくつくらいの人です？」

「三十過ぎかなー」

「ありがとうございます。調べてみます」

丁寧に礼を言って、狩屋が素早く書き込んでいる。

「送迎だけなら、最初の方だけ、手伝ってもらえますか？」

「いいぜー」

そしてペンを軽く顎に当て、ちょっと考えてから尋ねた狩屋に、倉木が調子よく答えた。

いったい…、狩屋というのはどういう男なんだろう…？

透明人間みたいな状態で二人の会話を聞いていると、ますますわからなくなってくる。

大学生で、すでに商売をしている。多分、店をいくつか経営？　している雰囲気だ。さらに新しく増やす勢いで。

まさか、ヤクザの息子…？

ふと、そんな可能性にも思い当たって、一瞬、心臓が冷える。

実際、ちょっと失礼します、と断って電話を何本かかけ、テキパキと指示を出している様子を見ると、学生というよりビジネスマンだ。しかも管理職といった感じの。

そうする間にも車は順調に走り、高速を使って一時間ちょっと。

日が落ちてあたりは薄暗くなり始め、ようやく住宅街の中の一軒の門前で停車した。

うながされて車から降りたとたん「ご苦労様です！」と野太い声が響き渡り、飛び上がりそうになる。

若い……おそらく年は同じくらいだろう。

門のところでジャージ姿の若い連中が数人、ガバッと頭を下げて挨拶してきた。

が、もちろん、自分に対する挨拶ではないはずだ。

「ご苦労様です」

と、狩屋がそれにも丁寧に返し、ゆっくりと中へ歩き出した。当然ながら、動じている様子はない。

さすがに腰が引けつつ、あわてて彼もあとを追う。

すでに薄暗かったせいもあるのか、視界の先に建物は見えない。薄闇の奥に深い陰のような庭が広がるばかりだ。

それでも広い通路を歩いて行くと、やがて大きな家屋が目の前に現れた。全容は見えないが、まさしく旅館並みだ。

広く明るい玄関を入ると、おかえり、とスーツ姿の男が狩屋を笑顔で――強面《こわもて》ではあったが

――出迎え、スッ…と値踏みするような眼差しをこちらに向けてくる。

「その男か？」

そして顎で指すようにして、狩屋に確認した。

「はい。オヤジさんが一度顔を見ておきたいと」

それに静かに答えた狩屋に、男が吐息で笑う。

「口実だよ。最近、おまえがこっちに寄ってなかったから、おまえの顔が見たかったんだろ」

「そんな、まさか……。その、すみません。ちょっとレポートが重なってまして」

いくぶん驚いたようにつぶやき、狩屋がわずかに顔を伏せた。

「わかってるよ。オヤジさん、今、下の居間にいる」

「はい」

顎を振るように男にうながされ、狩屋が靴を脱いで上がった。

「……お邪魔します」

振り返って、来い、と指示され、足はすくみそうだったがなんとか前へ進む。

旅館だと思えば、いくぶん馴染みのある長い廊下を進み、一室の襖《ふすま》の前で狩屋が膝をついた。

あわてて彼もその後ろで正座する。

狩屋です――、と外から声をかけると、「おう、入れ」と気安い声が聞こえてきた。

低く張りのある、よく通る声だ。

ここにいろ、と短く言い置いてから、狩屋が襖を開き、中へ入った。

開けられたままの襖から、なんとか上目遣いにのぞきこむ。

広い二十畳ほどの和室で、床の間の前に和装の男が腰を下ろしていた。

——この人が……組長？

息を詰めるようにして見つめてしまう。

四十代なかばというところだろうか。

いくぶん強面で精悍な印象はあるが、一見して恐ろしい、という感じではない。

が、やはり威圧感というか、独特の雰囲気だ。真正面に立つと、多分まともにしゃべれないくらいの。

その向かいに狩屋が背筋を伸ばして正座し、きっちりと頭を下げる。

「オヤジさん…、このたびは面倒を持ちこみまして、申し訳ありません」

「いや、楽しそうな話じゃねぇか。……そいつか？」

顎でこちらが指され、ビクッと身体をこわばらせる。

「はい。三カ月ほど、うちの仕事を手伝いたいということです」

ふぅん…、と顎を撫でながら、じろじろと不躾に眺められる。

「ま、人手が余ってるわけじゃねぇからな。そりゃかまわないが……ウラはねぇんだろうな？」

「それはないと思います。もし何かあった時の責任は、俺がとりますので」

「その紹介者ってのは、貸しを作っとくといい相手なのか?」

「……そうですね。はい。将来は公安か政界にいても不思議じゃない男ですから」

「なるほど」

組長がにやっと笑った。

自分のことに関するそんな品定めのようなやりとりは、耳には届いていたが、緊張でまともに頭に入ってこない。

「それで、おまえの子分か舎弟の扱いにするのか?」

さらに軽く首をひねって組長が確認する。

「はい。俺の預かりということで。他にご迷惑はおかけしません。今の俺にそういうのがいませんから、仕事の時には少し連れ歩いてみようかと思います」

「だがそれじゃ、おまえが大学行ってる時なんかはそいつもヒマだろ。うちの部屋住みにしてもいいぞ? ヤクザってのがよくわかるだろ」

予想外に前向きな言葉で、組長がふっと視線を向けてきた。さすがに目力がすごい。

「……ていうか、本気でヤクザってのを知りたけりゃ、ここで寝起きしろや。うちで使ってやるよ」

試すみたいに言われ、彼はわずかに息を呑んだ。

ヤクザの本家で寝起きする——。

予想外であり、予想以上であり、恐いくらいだったが、ここまで来て引き返すことはできなかった。

思いきって飛びこむしかない。

「よろしくお願いします…っ！」

うわずった声で、彼はバッと頭を下げる。

「いいんですか？」

狩屋がいくぶん困惑した声で確認する。

それに組長があっさりと返した。

「ま、おまえの預かりだからな。様子は見に来いよ。免許があるなら、おまえが運転手に使ってもいいんだろうし。それなら、うちの用とおまえの用と両方やれる」

どこかおもしろそうに、組長が続ける。

そんな言葉に、さっき出迎えてくれた幹部……だろうか、あの男が言っていたことを思い出した。

組長は狩屋の顔が見たかったのだ、と。

なるほど、そうかもしれない、という気がした。

それだけ気に入られているということだ。

「免許、持ってるか？」

ちょっと考えるようにしてから、狩屋が振り返って尋ねてくる。

「あ、はい」

彼はガクガクとうなずいた。

高校の卒業直前にとらされていた。将来的に、旅館の送迎を手伝うためだ。

「ま、こっちにいりゃ、ちーの遊び相手にもなるしな」

顎を撫でながら言った組長の言葉に、狩屋が、あぁ…、と小さくつぶやくようにしてうなずいた。

「そうですね。それはいいかもしれません」

――ちー？

彼がちょっと首を傾げた時だった。

「だーれー？」

緊張した空気の中、ふいに高い子供の声がして、えっ？　と思う。

思わず顔を上げて、きょろきょろとあたりを探すと、横の方からひょっこりと、五歳くらいの女の子が不思議そうに顔をのぞかせた。

大きなボンボンでサラサラの前髪を結わえている。将来が楽しみだな、と想像してしまうほど、目鼻立ちのはっきりとした可愛い子だ。

そのあどけない表情に思わず顔がほころびそうになるが、考えてみれば、ヤクザの本家である。

どうしてこんなところに…？　というか、組長の娘、ということだろうか？

「遊馬、圭祐さん…、そうですね、ケイさんという方です」

そちらに向き直って狩屋が紹介してくれる。おそらくはその子にも、組長にも。

遊馬、という名前みたいな名字の方が呼びやすかったせいか、ケイ、という呼ばれ方をしたことが今までになく、ちょっととまどった。

そんな表情に気づいたのか、狩屋が確認してくる。

「ここではそう呼ぶようにしてかまわないか？」

「あ…、はい」

何でだろう？　とは思ったが、別に異存はない。

「知紘《ちひろ》さんです」

ケイにもきちんと紹介され、ともあれ「よろしくお願いします」と頭を下げた。

子供相手にどう挨拶するべきか迷ったが、狩屋にしてもずいぶんと丁寧な対応だ。

じっとものめずらしそうに、子供らしい無遠慮さで、知紘が彼を眺めてくる。物怖《ものお》じする様子はない。やはりこの家に出入りする人間が多いせいだろうか。家族だけでなく、住み込んでいる下っ端の子分たちもいるのだろうし、大人に慣れているということだろう。

「遊んでくれるの？」

「あ、はい」

もちろん、何でもやるつもりだ。

映画のヤクザがどんな設定だかわからないし、今まで想像もしていなかったが、子供がいるヤクザの家という可能性だってある。それこそ実際に住んでみないと、その雰囲気はわからないだろう。

「そうだな。ちーもちょっと毛色の違った遊び相手ができていいかもな…」

組長がふむ、とうなずく。

それが許可になったと受け止めたのか、襖をちょっと大きく開き、ちょこちょこと知紘が廊下に出てきた。ケイの顔をのぞきこむようにして、小さく首を傾げる。

「ねー、ケイはトカレフのブンカイ、できる？」

「……え？」

一瞬、何を聞かれたのかわからなかった。

――トカレフ？　……って、あのトカレフ？　拳銃の？

「分解していたんですか？」

ほうけたまま返事もできずにいたケイに代わって、狩屋が尋ねる。

その視線がちらっと横へ流れたのに、ケイも無意識にそちらへ目を向けた。

すると、知紘がいたらしい畳の上にプラモデルのパーツみたいに小さな部品が散らばっている。

拳銃のグリップらしきフォルムも、確かに混じっている。

エアガン？　……ホンモノ？

多分…、聞かない方がいいのだろう。

「うん。ブンカイしてまた組み立てるの。生野《いくの》と競争するから、練習」

知紘がにっこりと花のように笑う。

無邪気なだけに、ちょっと冷や汗がにじんでしまう。

「ちーは早いんだよなぁ…。器用で覚えがいい」

「オヤジさんが教えたんですか？」

機嫌よく響いた組長の声に、いくぶんあきれたように狩屋がつぶやく。

「ちょっと早くないですか？　危ないでしょう」

まったくの正論に聞こえるが、ちょっと違和感もある。早い遅いの問題ではないというか。

「弾は抜いてる。それに危ないモノほど、早いうちから危ないってことを身体で覚えといた方がいいんだよ。きっちりした扱い方もな」

こちらも多分、正論ではあるが、何かが違う。多分、もっと常識的なところで。

「……おう、狩屋。来てたのか」

と、その時、背中から男の声が聞こえ、ハッとケイは振り返った。

いつの間にか背後に立っていたのは、狩屋と同い年くらいだろうか。若い男だ。

じろっと部屋の前で邪魔になっている形のケイを見下ろし、あわててケイは脇へ寄って小さく身を縮める。

「柾鷹《まさたか》さん」

それに狩屋が答えて、軽く頭を下げた。

どうやらそれが男の名前らしい。

「見ねぇツラだな…。ああ、この間言ってたヤツか」

柾鷹が察した様子でうなずき、あっさりと興味を失ったように大股で部屋へ入る。

組長の前でもかしこまる様子はない。

誰だ…？　と一瞬思ったが、組長の顔と見比べればすぐに推測できた。

よく似ている。親子、だろう。

「オヤジ、来週あたり、ちょっくら西へ行ってくるわ」

まさしくそんな言葉で、男が立ったまま無造作に組長へ声をかけた。

「何しに行くんだよ？」

組長がわずかに額に皺《しわ》を寄せ、いくぶん胡散《うさん》臭そうに尋ねる。

「……ん？　見聞を広めに？」

それに明らかにすっとぼけたように柾鷹が返している。

ケッ、と組長が吐き出した。

「道楽息子が…。てめぇのシノギはどうなってる？」

「狩屋がやってんだろ？」

「ただでさえいそがしい狩屋に任せきりか？　あぁ？」

「俺は渉外担当なんだよ。……ああ、そうだ。奥村《おくむら》との話はつけといたぜ」

父親との剣呑《けんのん》なやりとりで、思い出したように最後の言葉は狩屋に向ける。

「ありがとうございます。やりやすくなります」

狩屋が頭を下げて礼を言う。

ふん、と鼻を鳴らしてから組長が続けた。

「西に行くんなら、本部に顔出して芹沢《せりざわ》の叔父貴《おじき》に挨拶してこい」

「めんどくせぇな…」

うなじのあたりを掻きながら、ぶつぶつと柾鷹がうなる。

本部……というと、日本で最大の勢力を誇る暴力団組織の、だろう。

千住組は確かその三次団体になる。

「ちったぁ働けよ」

「ハイハイ。あ、ついでに鷲尾《わしお》のオヤジの墓参りもしてくるわ」

「ああ…、そうだな。……あ？　墓参りがついでとはなんだ、バカが。何のついでだと？　あぁ？」

父親の叱責と問いを、息子は軽く肩をすくめただけでスルーする。

聞いている方はハラハラするようなケンカ腰にも聞こえるが、どうやらこんなやりとりが通常らしい。まわりで聞いている狩屋たちには余裕がある。

「鷲尾の姐《あね》さんによろしく伝えてくれ」

「ああ」

そんなやりとりで一段落ついたところを見計らったように、狩屋が口を挟んだ。

「ご一緒しましょうか？」

「いや。必要ねぇよ。おまえはガッコもあんだろうし」

狩屋を見下ろし、柾鷹があっさりと首を振る。

「でしたら、寺川《てらかわ》と五島《ごとう》を連れて行ってください」

「おう」

「新幹線なら切符を手配しますが？」

「ああ、頼む」

「芹沢の組長のところへ寄られるようでしたら、『貞松《さだまつ》』のカツサンドをお持ちしたらいいんじゃないでしょうか？」

狩屋が組長と柾鷹に等分に視線をやりつつ提案する。

「ああ、そうだな。叔父貴の好物だったな」

組長がうなずく。

「日程が決まりましたら、朝一で買いに行かせます」

何気ないような会話だったが、狩屋の細かな気配りに感心した。

そこまで把握しているのか、という驚きと、いったいどういうポジションなんだろう、という疑問も浮かんでくる。

はっきりとした主従関係が見えるから、血縁という感じではないが、かなり中枢にいるようだ。

「ねー、どっか行くの？　お土産ー」

知紘がツンツンと柾鷹の袖を引っ張るようにねだっている。

ということは、この二人は兄妹ということになるのだろうか。ずいぶんと年が離れている。そして似ていない。

ヤクザの組長であれば愛人なんかも多そうだし、もしかして腹違いの兄妹ということもあるかもな、と内心で想像した。

だが、仲は良さそうだ。

「何がいいんだよ？　八つ橋か？」

「えっとね…。トカレフ、飽きたの。もっとおっきいの、やりたいー」

わくわくした目で知紘が見上げている。

「あー？　おっきいの？　ライフルとかか？　そうだな…、その前にリボルバーでやってみろよ」

「くるくるまわるヤツ？」

「そうだ。まわるヤツ。チーフズ・スペシャルあたり。……つーか、それ、関西土産じゃねぇだろ」

柾鷹がちょっとあきれたように肩をすくめる。

ハッハッ、と子供たちの会話を聞いていた組長が肩を揺らして笑った。

「わからねぇぞ？ 芹沢の叔父貴は知紘がお気に入りだからな。いいオモチャを土産にくれるかもしれねぇなぁ…」

「うんっ！」

知紘がうれしそうに大きくうなずいた。

オモチャ、の意味を考えるのがちょっと恐い。

「狩屋、今日は飯食って泊まってけ。週末だし、明日は大学もねぇんだろ？」

「あ…、はい。ありがとうございます」

そんな言葉で組長が席を立ち、その後ろ姿に狩屋が静かに一礼する。

ケイも廊下で膝をついたまま、あわてて廊下に額がつくくらい頭を下げた。

「知紘、組み立ててみろよ」

柾鷹が顎で奥を指すようにして言うと、知紘が「できるよっ」と散らばったパーツの前にすわりこむ。

立ち上がった狩屋が、立ったまま知紘を眺めていた柾鷹の横にさりげなく立った。

「遙《はるか》さんに…、会われるんですか？」

小さな声で尋ねている。

「会わねーよ」

じっと知紘の方を見つめたまま、柾鷹が短く返す。そしてようやく、狩屋に向き直った。

「物陰からそっと見てるくらいだ。昔の少女マンガのヒロインみたいにな。カワイイもんだろ？」

とぼけるように言って、ふっと口元に小さな笑みを浮かべた柾鷹の顔を静かに見つめ、狩屋がわずかに目を伏せた。

「やっぱりご一緒しましょう。今は俺も、それほど立てこんでいる時じゃありませんし」

「信用ねぇな…」

柾鷹が苦笑する。しかし、それ以上、拒否はしなかった。

「ま、日程とれたら連絡入れるよ。今、ちょい、タニケンの野郎がうるさくてな…。そっちが片付いたら留守にできる」

そう言って、スッと歩き出した。

廊下がわずかに軋む音が耳に残る。

「できたー！」

会話の意味はわからなかったが、微妙な緊張感に男の背中を見つめていると、後ろで賑やかな歓声が上がった。

狩屋がゆっくりと、知紘に向き直る。

マジか…、とケイも思いながらそちらに目をやると、確かに形はきれいに組み上がっていた。

……どこかにネジが落ちてないか、ちょっと心配になるが。

自慢するように差し出されたトカレフを、すごいですね、と微笑んで受け取った狩屋が、手慣れた様子でいったん弾倉を抜き、ガシャッ、と再び銃把《じゅうは》にたたき込むと、スライドを引いて引き金に指をかける。

庭の方に腕を伸ばして引き金を引くと、カチリ、と音がして、一つうなずいた。

「問題ないですね」

うなずいてから、狩屋がそれを知紘のうしろに控えていた若い男へまわした。

ケイは思わず息を詰めて、その流れるような動作を見つめてしまう。

間違いなく、狩屋自身、この世界の人間なのだと実感した気がした。

と、その淡々とした眼差しがケイに向き直る。

「どうする？」

「え？」

短く聞かれ、一瞬、あせった。

「本家でしばらく部屋住みをやらせてもらえるが、気持ちは変わらないか？」

「は…はい！」

重ねて聞かれ、あわてて答えた。

「いつから?」

「今からお願いしますっ」

淡々と聞かれて反射的に返したが、なかば試すような問いだったのかもしれない。

うなずいて、来い、と短く言うと歩き出した。

ケイは急いで立ち上がったが、慣れない正座に足が痺れてしまっていた。緊張で気がつかなかったが。

転びそうになって、なんとか襖につかまって身体を支え、必死に足の指を動かして感覚をもどそうとする。

「慣れろよ。正座は基本だ」

ちらっと振り返って言われ、すみませんっ、とあやまる。

足を引きずるようにしながら、ようやく歩き出したケイに、狩屋がざっと家の中を案内してくれた。

どうやら部屋住みの基本は、送り迎えの挨拶と掃除らしい。

うんざりするほど広い家だが、旅館の手伝いもしていたケイは、掃除についてはなんとかなりそうだ。

何人か、すでに部屋住みの若いのはいるようで、やはり二十歳前後だろうか。ケイと同い年か少し上。

狩屋もさほど年は違わないはずだが、すれ違うたび、「ご苦労様ですっ！」と例によって勢いよく挨拶してくる。

「姐さん…、みたいな人はいないんですか？」

しかし見かけるのは男ばかりで、ふと、狩屋の背中にケイは尋ねてみる。

「映画みたいな極妻はいない」

「いえ、そこまでは思ってないですけど」

あっさりと答えられて、ちょっと首を縮める。

「ええと…、さっきの…、知紘さんの母親とか？　別に暮らしてるんですか？」

「逃げたよ」

「え？」

一瞬、絶句する。

「まだ若くて、当時は大学生だったから恐くなったんだろう」

「大学生…、ですか」

若い。というか、カタギの女なのか。

「その、ヤクザの組長だと知ってて…、つきあってたんですか？」

まさか力ずくじゃないだろうな、とちょっとうかがうように尋ねたケイに、ふっと足を止めた狩屋が向き直った。

「知紘さんは柾鷹さんの子供だ」

「ああ…、……えっ？」

頭の中でざっと計算するが、計算が合わない。というか、微妙だ。

「十五の時の子供だからな」

「十五!?　……ですか」

つまり、中坊の時に女子大生とつきあって子供を作ったということだ。

すごい。さすがはヤクザの息子ってことだろうか。やることが大胆だ。

大きな声では言えないが、ケイなどはまだ童貞だ。

「ついでに言っておくが、知紘さんは男の子だ」

「えっ!?」

続けて言われ、ケイは思わず目を見開いた。

男の子、なのか……。

驚くポイントが多すぎる。

さすが、というべきかもしれないが。

「……ああ、生野」

ちょうど階段の下あたりで、二階から降りてきた子供に狩屋が声をかける。

知紘と同じくらいだ。こちらは明らかに男の子だとわかる。

もう一人いたのか、とちょっと緊張して直立したケイにちらりと視線をよこしてから、生野と呼ばれた少年が挨拶した。

「狩屋さん、おかえりなさい」

丁寧で、知紘と違ってはしゃぐ様子がない。ずいぶんとおとなしい、というか、落ち着いている。ひどく大人びた子供だ。

「生野だ。知紘さんの話し相手」

そんな紹介にケイはちょっと息をついた。

どうやら生野は組長の息子というわけではないらしい。しかし、こんな年から…、と思うと、何があったんだろう、といろいろ考えてしまう。

「ケイだ。しばらく本家で部屋住みをやる。柳井《やない》に頼んでおくが、おまえも面倒をみてやってくれ」

狩屋の言葉に、こんな子供に面倒をみられるのか…、と思ったが、芸能界と同じで先に入った方が目上になるのなら、この子の方が確実に先輩だ。

「よろしくお願いします」

とにかくぺこりと頭を下げたケイに、生野は特に驚きもせず、淡々と答えた。

「はい。家の中で何かわからないことがあれば、いつでも聞いてください」

「他の連中に紹介してやってくれ」

その指示に、はい、と生野がうなずいた。

そして狩屋がケイに向き直る。

「部屋住みをやるなら、何か見聞きしたとしても、見てないふり、聞こえてないふりを徹底しろ。それがおまえのためだ」

「は、はい…」

なかば意味はわからないまま、ケイは気迫におされるようにうなずく。

「たとえば…、さっきのアレはモデルガン。そう信じておけば問題ない」

「わ、わかりました」

つまり何かあった時は、知らなかった、で通せるわけだ。

「俺の預かりになる以上、おまえが何かしでかせば俺の責任だが、おまえ自身が無事ですむわけじゃない」

「はい…」

静かな迫力に息を詰めて答える。

「行動には気をつけろ。ここにいる以上、千住の問題になる。何より、中で見聞きしたことはうかつに外でしゃべるな。おまえが口をすべらせたことで、誰かの命がなくなる可能性もある。おまえが重要だと思わない雑談でも、だ」

「き、気をつけます…！」

冷や汗をにじませながら、ケイはガクガクとうなずく。

「それと、逃げ出したらそこで終わりだ」

「逃げません！」

それだけはきっぱりと言い切って、まっすぐに狩屋の目を見た。

わかった、と彼は静かにうなずいただけだった——。


ヤクザの「本家」で部屋住みをやらせてもらうことになったケイは、急いで最低限の荷物だけ取りに帰り、その日から千住の家で寝起きすることになった。

同い年くらいの他の部屋住み連中と、広めの一室での雑魚寝《ざこね》だ。

慣れないうちは、正直、イビキとか歯ぎしりがキツかった。が、贅沢を言える立場ではない。

いきなり入ってきた新顔はやっぱりいびられたりするのかな…、とちょっと不安だったが、案外そんなことはなかった。そもそも「兄貴」たちからの「躾《しつけ》」が厳しく、仲間内でいがみ合っている余裕がない、という感じだ。

ケイの口からオーディションのための体験、などとは口にしなかったし、狩屋からは「知り合いから三カ月だけ預かることになった。「行儀見習いみたいなものだ」という説明がされていたらしい。

三カ月だけのツレに、さして信頼とか仲間意識などというものが芽生えるとは思えなかったが、それでも単純に、彼らは頭数が増えたことを喜んでいた。その分、ルーティンの仕事が楽になるのだ。

それに、自分たちの仕事を「教えてやれる」ということがうれしかったのかもしれない。

一番下っ端の自分たちは、どんなことでも「怒鳴られる」のが基本だった。そういう役どころと言っていい。

なので、最初の頃は怒鳴られるたびにビクッと心臓を縮み上がらせていたが、数日でそれには慣れた。神妙な顔で、怯えている様子で、頭の上を通り過ぎるのを待つ。

ともすれば、先輩の発声練習につきあっている、くらいの感覚だ。

怒鳴られた時の対処はただ一つ。

「すみませんっ」

もしくは、

「申し訳ありませんっ」

を大声で叫ぶだけだ。

言い訳などは無意味だし、どっちの言い分が正しいか間違っているかなど、問題ではない。

その他にも、

「ご苦労様ですっ！」

「お疲れ様ですっ！」

「失礼しますっ！」

「あっとあっす！（ありがとうございます、だ）」

と、まあ、日々の決まった数種類の挨拶があるわけで、自分の発声練習にもなりそうだった。

「おまえ、いい声してんなー」

ふと気づいたように組長に褒められたくらいだ。

ふだんから腹式呼吸で鍛えていたせいか、大きな声を出すこと事態は難しくなかった。

ただ、挨拶の仕方はやはり独特で、はじめは部屋住みの先輩から教わった。

当初、見よう見まねで普通に軽く頭を下げてみたものの、「ぬるい挨拶してんじゃねぇ！」と後頭部をぶん殴られた。

頭を下げる角度とか、下げている秒数とか。その時の手の位置とか。

不文律みたいなものがあるらしい。

もっともそれも相手を見て、ということのようなので、なかなか難しい。

もちろん組長とかの出迎えだと最敬礼だし、重要な客人などもそうだ。ちょっとした兄貴分だと、黙礼でよかったり。だがそれも、時と場合にもよる。

先輩たちもそれをうまく説明することはできず、雰囲気で察するというか、身体で覚えるしかない、という感じだ。

そして部屋住みの基本的な仕事と言えば、やはり家の内外の掃除になる。

千住の本家は家屋も大きいし、庭も広い。

毎日の掃除は一苦労だったが、これも旅館の仕事を手伝っていたせいか、ケイの手際はかなりよかった。

新参のケイは下っ端の中でも下っ端なわけで、例によってトイレ掃除や溝さらいなんかを重点的にまわされたが、名家の姑《しゅうとめ》並みに厳しい兄貴分のチェックをなんとかクリアしていた。

あとは客が来た時のお茶出しやら、いつ何時《なんどき》、どんなものを言いつかるかわからない使いっ走りやら。

組長や柾鷹、兄貴たちの「何々をすぐに持ってこい」の用事も多いので、家の中のどこに何があるかの把握も必要だ。

やはり最初の頃は大変だったが、少し慣れてくると余裕もでてくる。

知紘の遊び相手になったり、近所への買い物につきあったりしながら、ヤクザの日常を観察できるようになっていた。

本当にかっちりとした縦社会で、理不尽なことも多いが、個人の才覚次第で地位を上げていけるのもわかる。

上の人間は、常にきっちりと下の人間を見ている。観察している。

コイツはここまでの男なのか、上へ這い上がっていけるのか。自分の役に立つのか、捨て駒にしか使えないのか。どこでどういうふうに使うのか——。

そんな非情な判断が日々下される中、チャンスをつかまなければならない。

仲間を出し抜いて、利用して。

あるいは、手を組んで。

そしてそれは、組同士でも同じだった。

組長同士、あるいは幹部同士が談笑していても、その中には駆け引きと探り合いがある。脅して、すかして、甘い餌で誘って。

潰し合い、相手を蹴落として生き残る。あるいは、のし上がっていく。

誰が敵で、誰が味方なのか、きっちりと見極めなければならない。

身体ごと、命を丸ごと賭ける覚悟で、這い上がって行く世界なのだ。

そして少し組の中に馴染んでくると、他の部屋住みの連中がどういう流れでこの世界に入ったのか、とかいう話も聞くことができた。

型どおりだが、勉強の嫌いな不良少年が持て余され、親類縁者のツテで放りこまれたり、家出し、街で食い詰めているところをスカウトされて、とか、いろいろだ。

系列のヤクザの息子が、本家に「行儀見習い」みたいに送りこまれる場合もあるらしい。

生野などは、同い年の知紘の遊び相手として――将来の側近として――傘下の組長が送り出したようだ。

年中無休で決まった休みなどあるはずもなく、言われていた通りに固定給などもない部屋住みだが、小遣いをもらった時などは、連れだって安い店へ飲みに行ったりもした。

下っ端の頃は、その与えられる小遣いだけが収入になるのだ。

いずれビッグになってやる、という意気込みがなければ続かないだろう。

部屋住みの若い連中の中で交わされるのは、普通にテレビの話や、うまいラーメン屋の話。女の話や馬の話や、どこどこの誰々はインポだとか、絶倫だとかのちょっとした噂話。あるいは、今、どの組が羽振りがいいとか、落ち目だとか。

唯一の「後輩」であり、ほとんど業界のことを知らないケイに、先輩方はよってたかっていろいろと教えたがった。

三カ月っつーけど、入れてもらったのが千住でよかったんじゃねぇの？　とか。

どこどこの組長は、気に入らないことがあると手近の子分を殴りつけるとか、どこどこの親分は金に汚いとかも聞いた。

どうやらヤクザの世界は、どの親分の下に入るかで相当人生が変わるらしい。

部屋住み同士で横のつながりがあるとは思えないが、そんな噂みたいなものは流れてくるようだ。

千住の組長にしても、兄貴たちにしても、たまに……結構、理不尽なことを言っているとは思うのだが、やはり上には上がいるということだ。

そして部屋住みの若衆《わかしゅう》の間で、狩屋の人気は高かった。

さして変わらない年で、ヤクザの世界でもカタギの世界でも第一線にいる、という憧れがあるのだろう。なにより理不尽な要求がなく、声を荒げることもめったにない。

むしろ狩屋がいれば、組長や若——柾鷹だ——の緩衝になってくれる、ということで、ずいぶん頼りにされていた。

狩屋は二、三日に一度、本家に顔を見せていた。大学へ行きながらすでに店をいくつか仕切っており、その報告や、組長たちからの指示を受けるためだ。

今は都内のマンションから大学へ通っているが、大学へ入る前は狩屋もこの本家に住み込んでいたようで、部屋もまだ残っていた。

狩屋も生野と同様、ずいぶんと小さいころに跡目である柾鷹付きとして本家に来たという。

あの若さではあるが、ヤクザとしてのキャリアは長いということだ。

組長の信頼も厚いようで、将来の幹部候補ということだろう。年配の、今の組の幹部たちも、狩屋には一目置いているように見える。

傍目には、最高峰の大学へ行って、何もヤクザにならなくても…、という気もするが、狩屋自身に迷いはないようだった。

出会った時は、まるで別世界の人間で、とまどいと恐れがあったが、その姿を近くで見るうち、だんだんと興味が湧いてくる。

なにより信頼――できる気がした。

約束は違えない。一度口にしたことは、必ず守る。

そう…、ヤクザではあったが、今まで会ったことのないタイプの男だった――。


部屋住みを始めて一週間ほどが過ぎると、ケイは本家の車を一つ使わせてもらい、狩屋の運転手をするようになった。

午前中と午後の早いうちは本家の仕事をし、夕方前くらいから連絡が入ると迎えにいく。

とりあえず慣れた頃で、自分の管理下に置いておこう、ということなのか、あるいは部屋住み以外の、別の仕事も見せてやろう、という気遣いなのかもしれない。

同学年の大学生ならそろそろ就職活動に精神をすり減らし始めているところだろうが、狩屋の場合、就職先はすでに決まっている。リクルート姿の級友たちを横目に、淡々と日常の勉強と仕事をこなしていた。

どうやら司法試験を受けるらしく、主にその準備と講義のレポート、その合間に――どちらが合間なのか——組の仕事をしているようだ。

チャラチャラと遊んでいられる三流大学ではない。その大変さは実感できないが、さすがに超人的だな…、と思う。

狩屋は自分のオフィスとか、組事務所みたいなものを持っているわけではなく、迎えの車の中が主な仕事場になっているようだった。

自分の管理する店に車で立ち寄ってチェックしたり、報告を受けたりするのだが、その移動中に電話やメールで指示を入れる。

それがヤクザの仕事——シノギなわけだが、どうみてもビジネスマンだ。やり手の、と頭につくが。

現在狩屋の手がけているのは、キャバクラが二軒とイタリアンバルが一軒。他にネット販売会社と貸金業。コンサルタント会社。さらに、新しく進行中のものがいくつかあるらしい。

もちろんすべて自分が社長をしているわけではなく、息のかかった人間にやらせているわけだ。

ケイも運転手兼鞄《かばん》持ちのような形でついて行かせてもらうことがあったが、雇われ社長たちは二十代後半から三十代と、みんな若い。が、狩屋よりは年上だ。

しかし狩屋に報告を上げる姿には、明らかに緊張が見えた。

それこそ、組の兄貴たちのように叱りつけるようなことはない。ただ淡々と報告を受け、ミスや不明瞭な部分を追及し、指摘するだけだ。

それだけでも、空気が違う。

怒鳴るだけが恫喝《どうかつ》ではないということだ。

そんな空気が出せる役者になりたいと思った。だが、やはり長い時間をかけて身につけてきたものなのだろう。すぐに真似てできる感じではない。

しかし考えてみれば、年もそう違うわけではないのだ。なんとか食らいついてみたかった。

こうして毎日のように本家の仕事と、そして狩屋の仕事についてまわり、だんだんと空気というか、感覚が読めるようになってくる。

場所によって、相手によって、この状況だと、どんなふうに動いたらいい、とか、どんな言葉を口にするのがいい、とか。

カタギの人に意味もなくつっかかるわけにはいかないが、一度、ヤクザ口調の脅しも実際に使えるといいな、と心の中のリストにつけるくらいの余裕はできた。

そして千住の家にきて十日ほどがたった日の朝、狩屋の指示でケイは銀座《ぎんざ》へ走らされていた。

例の「貞松」という店で、その日に作られたカツサンドを買ってきたのだ。

なんとなく、ケイもその店の名前は知っていた。老舗で、ドラマ現場の差し入れでも見かけた気がする。よく覚えてはいなかったが、ちょっと懐かしい感じだ。

柾鷹と狩屋とは他の運転手の車で駅へ向かい、そこで落ち合うことになっていた。

ケイが最初に千住に来た日に柾鷹が言っていた関西行きが、結局今日になったのだ。

小ぶりなカツサンドの箱を五つばかり、きれいな紙袋に入れてもらい、それを抱えて入場券で新幹線のホームまで入る。

狩屋たちの乗る新幹線の時間を確認し、ホームできょろきょろしていると、階段を上がってくるダークスーツ姿の集団――といっても五人連れだが――がすぐに目についた。

柾鷹と狩屋。それに、寺川という狩屋と同い年くらいの男と、あと二人は部屋住みの兄貴分だ。

こうしてみると、やはり結構な迫力だった。自然と目が惹《ひ》かれる。

恐れにしても、他の何かにしても。

それをオーラというのかもしれない。

狩屋や寺川は、個々に見ればかろうじてビジネスマンと言えなくもないが、強面の柾鷹は明らかにその筋の人間で、兄貴たちも人相が悪い。

「お…お疲れ様ですっ」

目が合った瞬間、ガバッと頭を下げて挨拶すると、ゆっくりと近づいてきた柾鷹がいきなり、たたき落とすみたいにケイの後頭部をぶん殴った。

「こんなところで大声出してんじゃねぇ」

むっつりと言われ、ハッと気づく。

背後を行き交うカタギの皆様方が、ちょっと驚いたようにちらちらとこちらを横目にしていた。

狩屋は相変わらず淡々とした表情だったが、ボディガード代わりについていた二人の兄貴分がじろっとにらんでくる。

ともすれば、後輩の教育が悪い！　と叱られる立場なので当然だ。

「すみませんっ。……あっ！　すみません……」

とっさにバッと頭を下げてあやまり、しかしこれも大声になったのに、あわてて小さな声で言い直す。……あまり意味はなかったが。

だがまあこれも、ある意味、教育のたまものだ。

しゃあねぇな…、というように、チッ、と柾鷹が舌打ちした。

「あ、あの、これ。こちらで間違いないでしょうか？」

首を縮めながら、ケイは狩屋に両腕を伸ばして手にしていた紙袋を差し出した。

「ああ…、ご苦労だったな」

うなずいてそれを受け取った狩屋が、中の包装紙をちらっと見てから、再びケイに返してくる。

「おまえが持ってろ」

「え？」

反射的に受け取りながらも、ケイは意味がわからず目を瞬かせる。

「一緒に来い」

さっさと柾鷹と寺川が乗りこんでいくのを視界の端で確認しながら、ケイは思わずオクターブ高い声を上げていた。

「え、俺もですか？　いいんですかっ？」

「荷物持ちだ」

短く言って、狩屋もあとを追うように新幹線に乗りこむ。

「お気をつけて」

兄貴分二人が軽く頭を下げてそれを見送り、そしてじろり、とケイを横目ににらみつけた。いかにもうらやましそうな目だ。

「土産、買ってきますっ。すみませんっ」

あわててそれだけ言うと、ケイもバタバタと乗りこむ。

多分、お供としては風体がヤクザっぽくない（実際にヤクザとは言えない）という理由かな、という気がしたが、ラッキーだ。もしかすると、これまでの働きぶりを認めてもらえたのかも、と思うと、ちょっと浮かれてしまう。

指定の席はグリーン車だった。

柾鷹はもちろん、護衛の必要上、狩屋や寺川もだ。ケイもだったが、そのついでかもしれない。

乗車券などは寺川がまとめて預かってくれていた。

まもなく新幹線が動き始め、窓の外で頭を下げて見送りつつ、恨みがましい目でにらんでくる兄貴たちに、ケイはペコペコと頭を下げる。

窓際の席に陣取っていた柾鷹は、早々にリクライニングを倒し、アイマスクをつけて寝る体勢だった。

狩屋はその隣の席でカバンからモバイルを取り出し、仕事を始めていた。

ケイはその後ろの席。寺川は狩屋と通路を挟んだ隣の席だ。

「同行する以上、おまえも柾鷹さんの楯だ。何があるかわからない。まわりには注意しとけよ」

席へすわる前、寺川にしっかりと耳打ちされて、さすがに緊張してしまう。

新幹線はひさしぶりだったが、窓の外の景色を楽しむゆとりはない。

途中で狩屋と寺川が車内販売のコーヒーを頼み、ケイもお相伴に預かる。やがて起き出した柾鷹が東海道新幹線弁当を買って食べ始め、どうやら嫌いらしいピーマンがポイとケイの買ってもらった牛タン弁当に飛んできた。

「……あ？　俺より高いモン食ってんのか？　てめぇ…」

シートの隙間からチェックされ、じろりとガンつけられた。

すいません、とあやまったものの、柾鷹が先に選んで、残った弁当から選ばせてもらったのだから仕方がない。

そのあたりが理不尽だなぁ…、とは思うが、柾鷹にしてみれば、ちょっとしたコミュニケーションなのかしれなかった。

「おまえ、役者になりたいんだって？」

弁当を食いながら、ふと思い出したように柾鷹が口を開く。

「あ、ハイ」

寺川が聞いているのかどうかわからないが、とりあえず横にいるのは狩屋だし、この機会に、という会話だったのだろうか。

「なり損なったら、このままうちに就職してもいいぞ?」

「……えーと…、あの、ハイ……」

にやっと笑って誘われ、しかしケイは愛想笑いで返すしかない。

「それで、どうだよ、この世界は? 何かわかったか?」

ちょっとおもしろそうに尋ねてくる。

「あの…、ええと……」

どう答えるべきかちょっと迷っていると、箸を握ったまま、柾鷹がシートの隙間でにやりと笑った。

「正直に言っていいぜ? 世間様からどんな目で見られてんのかは、よくわかってるしな」

恐い。

それでもちょっと腹に力をこめて、ケイは口を開いた。

「その…、部屋住みとか、生活が厳しいのはわかりましたけど、意外と普通の人も多いな…と」

「普通…、ね……」

柾鷹が卵焼きを口に放りこんで、吐息で笑った。

「狩屋さんとか…、ええと、普通に仕事ができる人に見えます」

褒め言葉のつもりだった。

「コイツが普通か？」

柾鷹がその言葉にひゃっひゃっひゃっ、と笑い出す。そして隣でモバイルに向かっていた狩屋を肘でつっついた。

「だってよ？」

「普通ですよ」

それに静かに狩屋が返した。

「んなわけ、ねぇだろが？　――なぁ、寺川！」

柾鷹がわずかに声を上げ、通路の向こうの寺川に声をかける。

「はい。普通なはずはありませんね」

手早くすませた食後に二杯目のコーヒーを飲みながら、寺川がちらっと微笑んで、とぼけるように答えた。

素知らぬふりで、しっかりと会話には耳を傾けていたらしい。

単に柾鷹に追随しているというわけでなく、本当にそう思っているようだ。

「狩屋さんくらい恐い人はいませんよ」

そしてさらりと続けた言葉に、「そーだそーだ」と横で柾鷹が箸で弁当箱をたたきながら満足そうにうなずく。

「その…、でも、狩屋さんが怒っているところとか、見たことないですし」

ケイは思わず反論してしまう。

「いつも冷静で、指示とかもきちんとしてくれるし」

口にしてから、ヤバい、と気づく。

この言い方では、他の人間の指示がきちんとしていないように聞こえる。……実際、そういう場合も多いのだが。

しかし幸い、柾鷹はそこに引っかからなかったようだ。

「まぁなぁ…。やってることは、合法的にビジネスマンだしなぁ…」

にやにやと笑う。

「ヤクザらしくないか?」

ふと狩屋が手を止めて、ちらっと肩越しに振り返って聞いてきた。

「あ、はい。狩屋さんをお手本にヤクザの役をやるのは、ちょっと難しい気がするんですよ…。他の人でも、なんか、ケンカしてるのとか、見たことないですし」

別に抗争を期待しているわけではないが、やはり迫力あるシーンはちょっと見てみたいと……

不謹慎にも思ってしまう。

「ポリがうるせぇのに、そうそう、ケンカをふっかけてられるかよ」

ふん、と柾鷹が鼻を鳴らす。カチッと、と食後のビールを開ける音がした。

「見せ方の問題だ。ドキュメンタリーじゃなければ、観客がイメージするヤクザ像を作った方がホンモノらしく見える場合もある。ただ、ホンモノを知っているか、まったくの想像かで差が出るものだ。役者というのはそういう商売なんだろう？」

再び手を動かしながら、狩屋が静かに言った。

ああ…、とケイは思わず目を見開く。

すとん、と胸の中に落ちた気がした。

そのままをやって、まわりから浮いては意味がない。観客のイメージから離れてしらけさせては元も子もない。

深い。この若さで、いったいどれだけの人間を見て、どれだけの場数を踏んできたのだろう、と思う。

「極道の役、やるのか？」

くいっ、と柾鷹が缶ビールを半分ほど、一気に喉に流しこみ、口元を拭いながら尋ねてくる。

「それはまだ…。オーディション、受かるかどうかもわかりませんから」

「バカ。受かるつもりでやんだろ」

「あっ、はい」

ピシャリと言われ、思わず背筋が伸びる。

そう。もちろんだ。

「ま、そうできる体験じゃねぇしな。いろいろと見ときゃいい。別に役者にならなくたって、いつかどっかでは役に立つさ」

柾鷹が肩をすくめてさらりと言った。

考えてみれば、柾鷹は「他の世界」を知らないのだろうか…。

細い隙間から垣間見える飄々《ひょうひょう》とした横顔に、ふと、ケイは思った。

ずっとヤクザの跡目として生きてきて、他の世界で生きることは考えなかったのだろうか？

今のご時世、ヤクザの息子として生まれたとしても、反発してカタギで生きる人間も多いだろう。

「いろんな人間がいて、飽きねぇ世界なんじゃねぇのか？　うちの業界もだけどな」

そんなふうに口にした柾鷹に、ケイは思わず、尋ねていた。

「柾鷹さんは…、他のことをやりたいと思ったことはないんですか？」

「そりゃ、あるさ」

あっさりと柾鷹が答える。

「だが、これだけおもしろい世界は他にはねぇからな…」

「そう…、なんですか……」

ケイにしてみれば、やはり近づきがたい世界に思える。こんな状況でなければ。

「何だってそうだろ？　人生、いいとこ取りだけして生きていけねぇしな」

さらりと言われたそんな言葉に、ドキリとした。

「毎日毎日、何かを天秤にかけて選択してる。それで捨てなきゃいけねぇモノも、当然出てくるがな…」

ケイに、というより、その言葉は自分につぶやいているようだった。

そしてそれきり、柾鷹は口を噤《つぐ》む。ビールを片手に窓の外を眺めた。

狩屋が仕事の手を止め、静かに隣を見る。

モバイルをいったん閉じてシートの背中にのカゴに放りこむと、柾鷹の前の小さなテーブルにのっていた空の弁当箱や紙コップ、おしぼりなどのゴミをビニール袋にひとまとめにした。

「捨ててこい」

「あ、はい」

ケイは急いで弁当の残りをかきこみ、自分の空箱を袋に突っ込んで口を縛ると、シートから立ち上がった。

寺川のゴミも預かって、一緒に捨てにいく。ついでにトイレにも行きたかったから、ちょうどいい。

グリーン車は半分くらいが埋まっていたが、寺川やケイの隣の席は空きっぱなしで、狩屋たちの前も空いている。もしかするとまわりの席も確保しているのだろうか、とようやく気づいた。

確かにボディガードという意味では、隣に誰かいると動きにくい。

いったん車両を出て、ドアの前のゴミ箱にビニール袋を放りこみ、その横のトイレに入って用をすませる。

ちょっとホッとした気分で、ケイがもとの席へもどろうとした時だった。

突っ切るようにすごい勢いで歩いて来た女と、すれ違い際に肩がぶつかる。

「あっ…、すいません…」

ケイは自分の席に着こうとしたところで、むしろ当たってきたのは向こうの方だったが、とっさにケイはあやまった。

顔を上げた女が、キッと鋭い眼差しでケイをにらみつけてくる。

「邪魔っ」

いらだたしげに一言吐き捨てると、足早に車両を出た。

「なんだよ…」

さすがにケイはその背中をにらみつける。

こちらに落ち度はないはずで、あんなふうにつけあがらせるのはヤクザとして――研修中みたいなものだが――いいのか？　という気もしてしまう。
二十四、五だろうか。ロングヘアの、痩せた女だった。背が高くプロポーションはいい。
帰ってきた時、文句の一つも言ってやろうかと、無意識に立ったままそちらを見ていると、ふいに手首がつかまれた。

ハッと気がつくと、わずかに振り返った狩屋がじっと見上げてくる。

「ケイ。関わるな」

短く一言、静かに言われて、ちょっととまどう。

「でも…」

やはり最近のヤクザはなるべくおとなしく、騒ぎにならないように、という配慮をしているのだろうか。

悪いことではないはずだが、なんだかすっきりしない。

「あの女、シャブをやってる」

しかし低く続けられ、えっ？　と小さく声を上げてしまった。一瞬、意味が理解できず、しかし理解した瞬間、無意識に息を呑む。

狩屋が無言のまま、彼女の席らしい斜め後ろを顎で指した。ケイとは反対側の列の、一つ後ろだ。

そっとそちらに視線を向けると、大きなカバンとストールが置きっ放しになっていたが、別段変わったところはない。

ただ、隣の席に空のペットボトルが三、四本も転がっていて、どうせトイレに行くのなら、一緒に捨ててくれればいいのに、と思うくらいだ。

「一時間半であの水分の摂取量は異常だ。トイレに立つ回数が多いし、瞳孔も開いている」

淡々と説明されてから、ようやく手が離され、パタン…とケイはシートに腰を落とした。

パッと見てわかるのもすごいが、そんなに何度もトイレに立っていたことをチェックしているのもすごい。ケイの方が場所が近かったが、気にしてもいなかった。

「ヘタに巻き添えを喰らうと、役者になる前にキャリアが終わるぞ」

「あ…、は、はい…」

静かに付け足され、ケイは唾を飲み込んでうなずく。

――中毒者…？

しばらくして帰ってきた女を、ケイはそっと肩越しに盗み見た。

さっきのいらだちは跡形もなく消えていて、表情には笑みも見える。

どこかで見た顔だと思った。

そうだ。グラビアモデルだ。そこそこ有名だった気がする。

ふいに、ゾクリと背筋が震えた。

確かに、何かあれば一緒にいるだけで疑いをかけられかねない。

気をつけないとな…、と、そっと息をついた。

もし…、役者にもどれたとしたら。

だが、確かに危険はどこにでもあり、ヤクザの世界も芸能界も、本質的にはさしてかわらないのかも、という気がした。

大阪に着いたのは昼過ぎだった。

んぉぉぉっ、と獣みたいな声を上げて、緩みきったネクタイの柾鷹が大きく伸びをする。

狩屋と寺川、きっちりとしたスーツ組の二人はその前後でゆったりと降車して、時間とスケジュールを確認した。

一番後ろから降りたケイは、大事な手土産のカツサンドを危うく忘れそうになり、あわてて取りにもどる。

「まず、どちらに行かれますか？　……大学に？」

狩屋が柾鷹に尋ねている。

——大学？

と、ケイはちょっと首をひねった。

狩屋の用でもないようだが、柾鷹が大学に何の用があるのだろう？

「そうだな…」

柾鷹が小さくうなずく。

新幹線の中では結構陽気だったと思ったが、いくぶん沈んだ様子だった。沈んだ、というか、何か考え事でもしているような。

あまり気は進まないが、行かないといけない、ということだろうか、と想像する。

「では、車で」

狩屋の言葉にうながされ、そのままタクシー乗り場に移動する。

「私は先にホテルにチェックインして、鷲尾の姐さんに明日のご訪問のご都合をお聞きしておきます」

そう言った寺川といったんそこで別れ、三人でタクシーに乗りこんだ。

ケイはカツサンドを抱えたまま、助手席に腰を下ろす。

リアシートに柾鷹と乗りこんだ狩屋が、運転手に京都の大学の名前を告げた。

車で一時間ほど。

その間、いつになく柾鷹は何もしゃべらず、狩屋は相変わらず必要以上の言葉もなく、妙に空気は重い。

気を遣ったのか、運転手が「観光ですか?」と愛想よく尋ねてきて、とりあえずケイが相手になる。

正門前に到着して車を降りると、さすがに学生たちの若いエネルギーがいっぱいに溢れているようだった。しかし考えてみれば、自分と同じくらいの年のヤツらなんだな…、とケイは今さらに思う。

スーツ姿の柾鷹たちもちょっと目立っていたが、それでも教職員や、リクルートスーツ姿くらいには見えるのだろうか。

プリントシャツにジーンズというラフな姿のケイは、むしろ学生の中にいても違和感はないはずだが、それでもちょっと浮いているように感じるのは、偏差値の違いなのか。通り過ぎる学生たちも、みんな垢抜けて頭がよさそうに見える。

初めての場所で、慣れない空気で、ケイはきょろきょろとあたりを見まわしてしまったが、柾鷹は迷うこともなく、どんどんと進んでいく。

そして、一つの建物の前で立ち止まった。

小さな通路を挟んだ反対側の並木の陰に、さりげなく身体を寄せる。

なんだろ？　と思ってちらっと狩屋を見たが、狩屋は特に何も聞かず、柾鷹から少し離れた後ろに立っていた。

そのまま、小一時間。

柾鷹は動こうとせず、狩屋もそれにつきあって黙って立ったままだ。

何も言える立場でないのはわかっていたが、ケイはいいかげん、焦れてきた。

いったい何をしているのか。いつまでこうしているつもりなのか。

問い質《ただ》したい気持ちが抑えられなくなる。

「あの…」

思いきって声をかけようとした時だった。

ふっと、柾鷹の肩が揺れる。わずかに前のめりに身体が動いた。

——何…?

その視線がまっすぐに見つめる先を、ケイは無意識に目で追う。

大学生らしい男が三人、連れだって歩いているだけだった。

楽しそうに、賑やかに笑い合っている。

平和なキャンパスの風景だ。

いったい何が気になって、そんなに真剣に見ているのかわからない。

と、他の友人らしい二人と別れ、一人の男が石段を軽快に上っていく姿が目に入る。

嫌みがなく、すっきりとした容姿のきれいな男だ。凛《りん》とした佇まい。建物は図書館らしく、教授らしき男と立ち話をし、レポートを取り出して何かを尋ねている。

礼を言って別れ、行き会った友人に片手をあげて一緒に中へ入っていく。

その姿が消えるまで、柾鷹の視線はじっとあとを追っていた。

見えなくなってからもしばらくそのままだったが、やがて小さく息をつく。

そして狩屋を振り返った。

「いいスポットだろ? ここ」

そう言って、片頬で笑う。

「そうですね」

それに狩屋が静かにうなずく。

何が何だか、まったくわからない。

「行きますか？」

ちらっと時計を見てうながした狩屋に、ああ、柾鷹がうなずく。

そしてそのまま、来た道を正門までもどりながら、狩屋が携帯を取り出して寺川に連絡を入れた。

「俺だ。今から芹沢の組長のところへ向かう。——ああ、そうだな。頼む」

短いやりとりで終えると、再びタクシーを拾って乗りこんだ。

一時間ほど走り、タクシーを降りたのは、結構な豪邸の前だった。

運ちゃんもようやくこの家の主を思い出したらしく、客を降ろすとそそくさと走り去る。

大きな鉄門からは広い芝生の庭が見え、犬の鳴き声も聞こえてきた。いかにも獰猛《どうもう》そうだ。

表札には「芹沢」とかかっている。

組長が言っていた「芹沢の叔父貴」という男だろう。

ケイには正直わからなかったが、相当に大物だろうということは想像できる。

狩屋がインターフォンを押して名前を告げると、中から自動で門が開いた。

「柾鷹さん」

振り返った狩屋が指先で喉元を示し、あぁ…、と気づいたように柾鷹がネクタイをいくぶんきちんと締め直す。

その間に芹沢の、やはり部屋住みなのだろう、ジャージ姿の若い男が二人ばかり飛び出して来て、「お疲れ様ですっ！」と例のごとく威勢のいい挨拶をしてきた。

ガバッと深く頭を下げつつも、ちらちらと上目遣いに客を観察しながら。

距離のある玄関口まで歩いて行くと、すでにドアは開いており、きっちりとスーツ姿の男が出迎えに立っていた。

三十過ぎくらいの、眼鏡の男だ。強面ではないが、体格はいい。

「これはようこそ、千住の若。……それに、狩屋やったかな」

さすがにイントネーションが関西だ。

しかし、ドスのきいた関西弁ではなく、どこかものやわらかな物腰に感じる。

柾鷹をじっと見つめ、狩屋にゆっくりと視線を移し、そしてちらっと確認するみたいにケイを見たが、すぐに興味をなくしたようにするりと流れる。

「ご無沙汰してます、若頭。叔父貴はお変わりありませんか？」

狩屋が静かに黙礼を返し、柾鷹がことさら朗らかに挨拶した。

これが芹沢の「若頭」らしい。そうも思うと、さすがに心臓の鼓動が早くなる。

見たとおりの男ではないわけだろう。

ケイもあわてて、深く頭を下げてみる。

「ええ、おかげさまで。どうぞ、お上がりください」

うながされ、出されていたスリッパを突っかけて、大理石張りの玄関を上がる。

と、ちらっと狩屋の眼差しがわずかにすがめられ、何だろう？　と思うと、どうやら玄関の端の方にきちんと並んだ革靴を見ているようだ。三足。

つまり、他に客がいる、ってことか？

ようやくケイもそこまで思考がたどり着いた。

それにしても、本当に細かいところまで気をまわす人だな…、と感心する。

新幹線での、あのモデルもそうだが、常にまわりには注意を払っているということらしい。

こちらへ、と、若頭が一方のドアを開き、先に客を中へ入れる。

足を踏み入れたとたん、その部屋のまぶしさに、ケイは一瞬、目を細めた。

天井が高く、明るい日射しがいっぱいに入りこんでいる。ようやく目が慣れると、かなり広い応接室だとわかった。

庭に面した窓際に広めのローテーブルとソファが置かれ、手前にも一人掛けのレザーソファが三つほど、ランダムに配置されている。

部屋の壁には、いかにも高そうな絵画がいくつか。西洋アンティークの棚には、ブロンズ像や、陶器の骨董。高い天井にはシャンデリア。趣味は悪くない。

「……おやおや。客人でしたか」

圧倒されるようで、呆然とそれらを眺めていたケイは、柾鷹のそんな声にようやく我に返った。

そうだ。客人。

ハッと向き直ると、窓際のソファから男が一人、顔色を変えて立ち上がるところだった。

五十歳前後だろうか。ごつい、強面のいかにもヤクザ風体の男だ。わずかに白くなった、短い顎髭。

「千住の…！」

その男が驚いたように震える声を途切れさせる。

「これはタニケンの組長。こんなところでお会いできるとは奇遇ですねぇ…」

部屋の真ん中あたりまで進んだ柾鷹は、片手をポケットにつっこんだまま、余裕のある調子で微笑んで返している。

そして、その男の向かいにすわっている男にピシリ、と丁重に頭を下げた。めずらしい光景だ。

「叔父貴。ご無沙汰しております。申し訳ありません」

それに合わせて、数歩後ろで狩屋がやはり頭を下げ、さらにその後ろで、ケイもあわててそれに倣う。

上目遣いに、狩屋が頭を上げたのを確認してから、ようやく自分も向き直った。

「まったくだな！　ええ？　元気にしてたか、坊主」

芹沢の組長だろう。

六十過ぎの、いくぶん恰幅のいい男が立ち上がり、豪快に笑った。

「ええ。叔父貴もお変わりなく。うちの親父からもよろしくと言付かってますよ」

「ああ…。千住も元気にやってるようだな。噂はいろいろと聞いてるぜ？」

「どんな噂ですかね…。ちょっと恐いですよ」

にやりと笑った芹沢に、柾鷹がちらっとタニケンを横目にし、少しばかりとぼけるように返す。

「おお、ちーちゃんは元気か？　おっきくなったんだろ？　今、五歳だったかな」

思い出したように、芹沢が声を上げた。

「ええ。相変わらずやんちゃで」

「今度、連れてきてくれよ」

「や…、さすがにそれは…。今度、向こうに用がある時には、叔父貴がうちに寄ってやってください。知紘も喜びます」

「そうだなぁ…。可愛くなってんだろな、ちーちゃん…」

そつなく言った柾鷹に、芹沢が強面の顔をくしゃくしゃに崩している。

知紘を可愛がっていると言っていたが、確かに自分の孫のような勢いだ。

それでもようやく表情をあらためて尋ねてきた。

「で、どうしたんだ、今日は？」

「いえ、遅ればせながら、鷲尾のオヤジさんの墓参りに寄せてもらったんですが、ここまで来たら叔父貴の顔も見ておかないとと思いましてね」

メインはさっきの大学訪問だったらしいが、柾鷹もそれを口にするつもりはないようだ。

「ああ、そうだ。ちょっとした手土産ですけどね」

思い出したように言って、柾鷹がふっと振り返る。

あっ！　とあわてて、ケイは手にしていた紙袋を柾鷹に差し出す。

が、柾鷹は軽く顎を振った。

「叔父貴に」

その指示に、ケイは、ええっ？　と内心であせった。

部屋にいる男たちの視線がいっせいに集中するのがわかる。

芹沢の人間だか、客人のお供なのか、戸口や壁際には、直立不動でスーツ姿の男たちが何人も立っていたのだ。

しかし、逆らう度胸はない。

失礼します…、と小さな声で断って、できるだけ頭を低くし、誰とも目が合わないようにして急いで窓際の組長のところまで行くと、紙袋をテーブルに置いた。

そして急いで下がろうと振り返ると、狩屋と目が合った。

顎を振って何か——出せ、と指示される。

ああわしながら絨毯に膝をつき、中身の箱を取り出してテーブルに置き直す。

と、その時、すでにテーブルに置かれていた別の箱が目に入った。

上品な和菓子の入った桐箱——だが、上げ底になっているらしいその下の段には、時代劇で言うところの山吹色の菓子、現代だとインクの匂い立ちそうな、帯封のかかったピン札だ。少なくとも、二つの山が並んでいる。何段になっているのかはわからないが。

うわっ、と内心で声を上げ、目を見開いたものの、気づかないふりでケイはそそくさとうしろに下がる。

「なんだ、このチンケなモンは…」

ちろっとそれを見下ろし、タニケンが鼻を鳴らす。

「カツサンドですよ」

「カツサンド?」

あっさり答えた柾鷹に、あきれたように吐き出したタニケンだったが、ほぉ、と芹沢が声を上げた。

「貞松のか? そりゃ、うれしいな。気が利くじゃねぇか」

両手をこすり合わせ、ほくほくとした顔をしてみせる。

「おい、卯田《うだ》! ビール、持ってこい!」

声を上げ、せわしなく手を振りまわした組長に、若頭が軽く頭を下げて、そばにいた若衆に顎だけで指示する。

どうやら若頭は、卯田という名前らしい。

飲み物を待たず、組長はソファに腰を下ろすと、さっそく一つ、摘まみ上げた。

「――うん、やっぱりうめぇな……！　ここのは格別だわ」

うまそうに頬張る芹沢を、タニケンがおもしろくなさそうに眺めている。

行儀悪く指をなめてから、芹沢がちろっと顔を上げた。

「それにしても、今日は遠くからの客が多い日だな」

何気ない様子でどこか探るようでもある。

「そういや、タニケンの組長はまた、どうして叔父貴のところへ？」

とぼけるように柾鷹が尋ねた。

「別に…、単なる挨拶だよ。近くまで来たもんでな」

むっつりとタニケンが返す。

タニケン……というのは、ケイも何度か耳にしたことはあった。

千住と同じ神代会の傘下で、谷憲《たにけん》組の組長だ。その名前が、確か谷繁憲一《たにしげけんいち》。

部屋住みの兄貴分や、狩屋と関係のある組員たちからちらっと聞いたところでは、柾鷹が任されているシマとタニケンのシマで重なっている部分があり、少々、もめているらしい。

柾鷹のシマ、ということは、狩屋が活動しているシマ、ということでもある。

まだ学生の身分なので役職などについてはいないが、狩屋は基本的に、柾鷹の側近という形なのだ。

「組長とは一度、きっちり膝を突き合わせてお話ししないとと思ってたんですよ。それがこんな西の地でとはね…」

「あぁ？　てめぇみたいなガキと話すことなんぞねぇよ」

それに吐き捨てるみたいに、ドラ声でタニケンがうなった。

「小僧…、格が違うんだよ。俺と話したけりゃ、てめぇのオヤジを呼んでこい」

さらに傲慢に言い放つ。

「うちのオヤジは関係ないと思いますがね…」

それに柾鷹がうなじのあたりをガリガリと掻く。

「おいおい…、おまえら、何かもめてんのか？　人ん家に来てやることかよ」

ようやく来たビールのジョッキに手を伸ばしながら、他人事みたいに芹沢が口を挟む。

「いや…、タニケンの親分とはちょっと…、方針の違いがあるだけですよ」

それに柾鷹が肩をすくめて見せた。

「はっきり言いますとね、芹沢の組長。何かっていうと、うちの商売の邪魔をしてくるんですよ、この若造どもはっ」

柾鷹と、そして狩屋を憎々しげににらみ、タニケンが吐き出した。

「邪魔ねぇ…。うちはただ、困ったあげく、頼ってきた連中の相談に乗ってるだけでね」

柾鷹が軽く肩をすくめる。

「ふざけんなよ、クソガキがっ。人んちの庭を荒らしやがって…っ」

それにタニケンが噛みつく。

ケイは息を呑んで、ただ二人の応酬を見つめるしかなかった。

期待していたわけではないが、ヤクザ同士の——幹部の角のつっつき合いというのはこんな感じなのか…。

「荒らしてるつもりはありません。ただ、あのあたりは昔から千住とのつきあいが長い店も多いですから。谷繁組長のやり方にはついて行けないと、うちに訴えてくる方もいるんですよ」

淡々と狩屋が口を開いた。

新しいカツサンドに手を伸ばしながら、ほぅ…、と芹沢が耳を傾けている。

「谷繁組長のやり方は革新的かもしれませんが…、昔気質のヤクザは生き残れないというのは、私としてはちょっと賛同しかねますしね」

ふん、とタニケンがせせら笑った。

「おまえがそれを言うのか？　狩屋よ…。ずいぶんといい大学に行ってるそうじゃねぇか。インテリヤクザの代名詞になろうってくらいだろうが？」

そこにするり、と冷静な柾鷹の声が切り込んだ。

「ヤクザっていうのは商売じゃない。生き方だ。少なくとも俺は、そうオヤジに教わったつもりだけどな？」

高ぶることもない静かな声だけに、ふっ…と一瞬、何かが止まったようだった。

「なに…？」

たじろいだように、タニケンが一瞬、言葉を失う。

「わかってんだろうが！　古臭いやり方じゃ、この先生き残ってけねぇのはっ！」

それでも自らを鼓舞するみたいに、タニケンが吠え立てる。

「シノギの方法が古いか新しいかじゃねぇ。金に踊らされて、スジを見失う外道《げどう》が増えてんのが問題じゃねぇのかねぇ…」

「昔みたいに武闘派《イケイケ》でやってけるほど、今のシノギは甘かねぇんだよっ」

「もちろん、金は稼ぎますよ？　必要ですからね。ただ本質はそこじゃねぇ…。それをわきまえてるかどうかってことだ」

一歩も引かず、まっすぐに倍以上も年長の男を見据えた柾鷹に、タニケンが次第に顔を紅潮させる。

「小倅《こせがれ》が…！　てめぇ、なにか!?　俺が本質を見失ってるとでも言うつもりかっ？　ええっ!?」

「ああ…、よかった」

激高したタニケンに、柾鷹がいかにもホッとしたように笑った。しかしその目はもちろん、笑ってはいない。

「そう聞こえてなけりゃ、組長の耳がどうかしてますからね」

「きさま…！」

あからさまにからうような言葉に、タニケンが嚙み殺しそうな目を柾鷹をにらんでいる。

「ま、いずれ結果が証明してくれますよ」

それを平然と見返して、柾鷹がさらりと言った。

「まぁまぁ…、柾鷹よ。そのへんにしとけ。若いうちは、夢も理想も大きくて結構だがな…。組織がおっきくなるとそれだけじゃすまなくなるもんだ」

なだめるように言った芹沢の手元では、すでにカツサンドがひと箱空になっている。

「タニケンよ…、おまえも大人なんだから、もうちっとどっしり構えてりゃいいんじゃねぇのか？」

苦虫をかみつぶしたような顔で、タニケンが軽く頭を下げる。

「……お騒がせしました。本日はこれで失礼します」

「おう」

うなずいた芹沢が、背を向けて帰っていくタニケンを呼び止める。

「おい、忘れモンや」

え？　と振り返ったタニケンに、芹沢が例の菓子箱を押しやる。そして一番上のウサギ型の和菓子に手を伸ばして一つ摘まみ上げると、口に放りこんだ。

「持って帰り。わしはこれで十分や。ちぃと上品すぎるな」

ぐっ…、と一瞬、言葉を呑み、大きく息を吸いこんで、タニケンがそれを敷いていた風呂敷に包み直す。

いかにもいらだたしげに突き出され、タニケンの子分らしい男があわててそれを受け取った。

三十前だろうか。坊主頭で、額の真ん中あたりからV字に剃りが入っている。

「失礼します」

怒りを押し殺した声で言葉を残し、卯田に案内されてそのまま玄関を出たようだ。

タニケンの姿が消えて、いくぶん応接間の空気が緩んだ。

「……いったい、何しに来たんですか、あの男」

ちろっとドアの方に視線をやって、柾鷹がうなる。

「さぁな…。結構、吹いてったぞ？　出る杭は早めに打っとかねぇと、軒をとられる、ってな」

芹沢がウェットティッシュで指を拭きながら肩をすくめた。

はっきりとは言わないが、つまり柾鷹を抑えてくれないか、という依頼に来たわけだろうか。

山吹色の菓子を持って。

「そんなにややこしくもめてんのか？」

「まぁ…、少々」

いくぶん体裁悪いように、柾鷹が耳のあたりを掻いた。

「気ぃつけろよ。執念深いし、めんどくさいやっちゃ」

「ええ。ま、うちのができすぎるんで、やっかんでるんでしょうがね」

ちらっと狩屋を見て、柾鷹が薄く笑った。

「ああ…、まァ、しかし千住はいい跡目をもってんじゃねぇか…。うらやましいもんだよ」

大きなため息をついた芹沢が、あ、と思い出したように膝を打つ。

「おお、そういや、こないだちーちゃんから電話をもらったんだった。おまえが近々来るから、お土産にくるくる回る拳銃が欲しいってよ。用意しといたからな」

「マジすか…。あのガキ」

上機嫌に大きな笑顔で言った芹沢に、一瞬、あっけにとられたような顔で柾鷹がうめいた。

――マジすか……。

と、その一時間後、顔色を失くしてケイもうなっていた。

その「土産」をケイが運ぶことになったのだ。

今、職質を受けたら人生が終わる――。

翌日は話に出ていた「鷲尾のオヤジ」の墓参りに行き、姐さんと思い出話などして一日を終える。

その次の日が帰京の予定だった。

その間のホテルではそれぞれが一部屋に泊まり、ケイはひさしぶりに一人きりのベッドを満喫していた。

そう言うと色っぽい話にも聞こえるが、部屋住みの先輩たちとの雑魚寝じゃないということだ。しかも、そこそこ高級なホテルである。

朝食がうまくて高い。が、狩屋か寺川と時間を合わせていけば奢ってもらえる。

出発の日の朝食に柾鷹の姿がなかったことは、特に不思議には思わなかった。本家でも遅くまで寝ていることは多い。

チェックアウトぎりぎりの時間になって、柾鷹を起こすように狩屋に指示され、部屋のドアをノックする。

が、返事はなくケイは渡されていたカードキーでそっと中へ入った。

柾鷹の部屋だけは広めのダブルで、キーが二人分、ついていたらしく、狩屋が一枚を預かっていたらしい。

まだ寝てたら、起こすのはちょっと恐いな…、と思っていたが、そっとのぞきこんだベッドに人の気配はない。

あれ？　と思ってバスルームを探してみるが、やはり姿なかった。

広いといってもホテルの一室だ。探す場所など限られている。

「あ、あの…！　柾鷹さん、部屋にいないんですけど…っ」

あわてて狩屋の部屋に飛びこんで報告すると、狩屋がわずかに眉をよせた。

「ベッドを使った跡はあったか？」

「あ…、はい。ありました」

シーツが乱れていたのは記憶にある。

「まさか、誰かに拉致《らち》られたとか…？」

そんな想像に背筋が凍ったが、いや、と短く答えて、狩屋が時間を確認する。

十時過ぎ。チェックアウトは十一時だ。

「携帯はあったか？」

「ええと……、いえ、なかったと」

見た覚えがない。

その答えに、狩屋が携帯を取り出した。柾鷹にかけたのだろう。

息を殺して見つめていると、四回目くらいで相手が出たようだ。

「柾鷹さん。おはようございます。携帯をお持ちいただいたのは上出来です。……大学ですか？」

さらりと言ったそんな問いに、え？　とケイは首を傾げる。

大学？　また？

「……ええ。迎えをやりましょうか？　……はい。新幹線の時間はおわかりですか？　ああ、そちらにいらっしゃるなら、京都から乗られても大丈夫ですよ」

そんなに……なのか……。

穏やかな狩屋の声を聞きながら、ケイは意外な思いに打たれていた。

狩屋には聞きづらく、柾鷹本人にはもっと聞けず、結局ケイは、大学のことをこっそりと寺川に尋ねていた。

ああ…、とちょっと困った顔をしたが、寺川が少しだけ教えてくれる。

何でも、中高一貫で全寮制の学校にいた頃からの恋人――というか、柾鷹の一方的な想い人？がその大学にいるらしい。

高校を卒業し、二人は別れた。というか、相手が逃げたようだ。無理もない。柾鷹はヤクザの跡目なのだ。

柾鷹は無理やり連れもどすことはしなかったが、たまにこっそりと顔を見に来ているらしい。

すごいロマンチックだ。なんか、キャラに似合わなくて呆然としてしまう。

どうやら狩屋もその頃の同級生だったらしく、事情を知っている。柾鷹の想いも。

……いや、でも。男、じゃなかったか？

思い出してケイはちょっと混乱する。この世界ではそうめずらしくはないとも聞くが。

男惚れ、というのか。

兄貴に惚れました！　ついていきます！

という心理は、結構あるらしい。

ケイにしても、狩屋くらいの男だったら……いや、何、考えてるんだ？

あわてて妙な考えを振り払う。

「はい。では、駅で。お待ちしています。お気をつけて」

その間に、過不足ないやりとりで狩屋が通話を終えた。

「京都駅から乗るそうだ」

「いいんですか？　一人で移動させて」

組長や柾鷹なら、常に警護がついている。

「よくはないがな…」

狩屋が苦笑した。

「何かあったらまずいんじゃ…」

昨日のことがちらっと頭をよぎる。

この間やり合ったタニケンが、何か仕掛けてくる可能性だってあるだろう。

「俺の責任だな」

それにさらりと狩屋が答えた。

「いいんですかっ？」

「よくはない」

それにやはり淡々と返ってくる。

「それでも、柾鷹さんにも一人で行きたいところはある。そのくらいの自由はあってもいいだろう」

何かあった時、自分の責任になっても――か……。

うらやましいな…、と、ふっと胸が苦しくなった。

決して裏切ることのない、二人の信頼関係に。

そして、こんな人に守られていたら安心で、幸せなんだろうな…、と思う。

幼い頃、誰も彼もに裏切られた――と思うのは、単に甘えなのだとわかっている。

自分がきちんと彼らに向き合ってもいなかったのに、それを望むのがどれだけずうずうしいのか。

しかし「子役」でなくなった自分を、母ですら守ってはくれなかった。見捨てられ、母はケイの代わりに夢中になれる年下の男を見つけていた。金を貢がされるだけだったが。

狩屋が守っているのは柾鷹だけではない。自分の元で働く、舎弟たちもだ。

期間限定でしかない自分がそこに入《はい》れていないことが、少し淋しかった。

……ヤクザになる度胸もないくせに。

「柾鷹さんの部屋の荷物をまとめて持ってこい」

指示されて、ケイは急いで柾鷹が残していた荷物を集めた。といっても、もともと手ぶらに近い形で来ていたので、ちょっとした着替え以外にはほとんどない。

自分の荷物も抱えてチェックアウトをすませると、タクシーで駅へ向かった。

あ、土産——と思い出し、駅のホームであわてて適当な菓子を買う。

ハラハラしたが、無事に柾鷹は京都から乗りこんできた。

何も聞かず、お疲れ様です、と声をかけた狩屋に、柾鷹はおう、とうなずいただけだった。

それからひと月ばかりが過ぎた。

相変わらず掃除や使い走りに明け暮れていたが、それでも少し、ケイはヤクザの空気に慣れたような気がしていた。

怒鳴られても気にならなくなったし、少々のことではビビらなくもなった。

狩屋の仕事では、ちょっとしたメッセンジャーや電話の取り次ぎなどもやらせてもらえるようになっていた。

ただそれは、いわゆる「ヤクザ」の仕事というより、普通のバイトにも似た感覚だったが。

あとひと月、期限が来るまでに、もう一度、この前の柾鷹とタニケンとの意地の張り合いのような場面が見られたらな…、という気がした。

もっと肌がピリピリするような刺激が味わいたい、と思ってしまうのは、少し危ない兆候だろうか。

この日、ケイは許可をもらい、千住に来て初めて、夜に一人で外へ飲みに出かけた。

上京してから入っていた劇団は、千住の世話になる時に辞めていたのだが、かつての仲間が誘ってくれたのだ。ケイもひさしぶりにみんなの近況を聞きたかったたし、オーディションについての情報も欲しかった。

はじめは居酒屋で賑やかに騒ぎ、そのあと特に親しかった数人と飲み屋へ流れた。

かつて一緒にやっていた仲間の何人かは、夢をあきらめて別の道を目指している話を聞き、一方であきらめきれずに踏ん張ってい仲間たちの思いも感じる。

自分がこの先どうなるのか、ぼんやりとした不安はあったが、とにかく今はやるだけやるしかないと思っていた。

「遊馬は今、何してんの？」

と聞かれて、しかしさすがにヤクザの家で部屋住み中、とは言えず、笑って濁すしかない。

このところ、ヤクザの生活にどっぷりと浸かっていて、ひさしぶりに役者仲間と話せたのが楽しく、気持ちが高揚したせいか、酒もいつもより入っていた。

それを見かけたのは、夜の十時をまわったくらいだっただろうか。ほろ酔いの頭でも、そろそろ帰らないとまずいか、と考えていた。

なにしろ、部屋住みの生活は朝も早い。

薄暗いバーで、トイレから帰る途中、ふと覚えのある顔に目がとまった。

誰だっけ…？　とアルコールに沈む頭をたたき、ようやく思い出す。

緒方《おがた》だ。緒方京一《きょういち》という俳優。

昔、子役時代に共演したことがあり、高二の時、映画の中で見た。ブランクを経て再デビューし、輝いていた男だ。

何でこんなところに…？　とは思ったが、彼だって飲みに来ることはあるだろう、と思い直す。

しかし何気なく、緒方が話している相手の顔を見て、あっ、と一瞬、心臓がつかまれた気がした。

あの、男だ。

名前は知らなかった。だが会ったことはある。正式に紹介されたわけではなく、見かけた、といった方が正しいだろう。

関西の、芹沢組長の豪邸で。

タニケンと一緒だった。

あのV字に剃りを入れた坊主頭は間違いない。おそらく、谷憲組の組員だ。

二人はカウンターの隅で何か話していて、やがて緒方がポケットから折り畳んだ何か――金を渡したのがはっきりと見えた。

そして交換に、男が何かを手渡す。

手の中に収まるほど小さなものだったが、ちらりと白い色が見えた。

ケイは思わず目を見張る。

――まさか…、覚醒剤……？

新幹線ですれ違った女の、血走った目が脳裏によみがえった。

とっさに身体が動いていた。

「――緒方！」

背中から腕をつかむと、怯えたような顔がハッと振り返った。

「な、何だ…、おまえ…？」

緒方は、ケイのことは覚えていないようだった。無理もない。最後に会ったのは、七つか八つ。十年以上も前の話だ。

「何やってるっ！」

強い口調で叱りつけると、ケイはそのまま強引に腕を引いて店の外へ出ようとした。

「おい、てめぇ…、誰だよっ？　何のつもりだっ!?」

しかし男がカッとなったように割って入り、ケイの胸倉をつかみ上げた。

「離せよっ！」

それでも力ずくでそれを振り払い、ケイはごった返す人をかき分け、緒方を引きずるようにして、裏口から店の外へ出た。

「おいっ、出せ！　さっき男から買ったヤツっ」

人気がなく、生ゴミの匂いが漂う壁際に酔ったような緒方の身体を押しつけ、ケイは手荒く緒方の身体を探す。

「なんだよ…っ？　おまえっ、俺の、横取りするつもりかよっ？」

それを押し返すようにして、緒方が抵抗を見せた。

「バカっ！　おまえ、自分が何やってるのかわかってるのかっ！」

頭から怒鳴りつけ、ケイはなんとか緒方のポケットから白い粉末の入った小さな袋を探し出して取り上げると、自分のポケットへ押しこむ。

「か、返せよ…っ！」

必死に取り返そうとする緒方を押さえつけていると、おい、と背中から低い男の声がかかった。

殺気立っている。

ハッと振り返ったとたん、いきなり頬にものすごい衝撃が走った。

思いきり殴り飛ばされ、身体が壁にたたきつけられる。

「てめぇ…、何なんだよ、いきなりっ？　あぁっ？　商売の邪魔する気か!?」

さらに胸倉がつかまれ、容赦なく頭が壁にぶつけられる。

痛みとともに、すさまじい怒りが湧き上がった。

「何が商売だっ！　クサレ外道がっ！」

ヤクザみたいなタンカが口から飛び出す。

そしてそのまま、自分の額を相手の額にたたきつけてやった。何も考えておらず、勝手に身体が動く。

頭が割れるように痛く、たらたらと血が流れている感触はあったが、アドレナリンが出まくっているせいか、恐怖は感じない。

ぐぉっ、と低くうめいて、相手がうしろに倒れる。それを逃さず、ケイは男に飛びかかり、馬乗りになって男を殴りつけた。

「だいたいここは、おまえが商売していい場所じゃないだろうがっ！」

タニケンの縄張りではないはずだ。

「なんだと、てめぇっ！　偉そうなこと言いやがって！」

男が逆襲するように腕を伸ばしてケイの首を絞め、わずかに力が抜けたところで横に押し倒される。

そのまま顎に一発、喰らった。ケイも足をバタつかせ、男の腹を蹴り倒す。

殴って、殴られて、まさに泥仕合だ。

自分にこんなケンカができるなどと、考えたこともなかったのに。

全身が焼けるように熱かった。

「ちょっ…、誰か、警察呼んでっ！」

どこか遠くで女の悲鳴が聞こえ、ようやく我に返る。

振り返ると、緒方が呆然とこっちを凝視していた。

相手が壁際に倒れているのを眺めて、ケイもよろよろと立ち上がる。

「来いっ！」

緒方の腕を引っ張って走り出した。

どのくらい走った頃か、息が切れてようやく立ち止まる。

「おまえ…、バカじゃねぇのか!?　あんなモンに手を出すなんて……」

緒方に向き直って、ケイはにじり寄った。ひどく悔しかった。

「ほっとけよ！　おまえに何がわかるっ!?」

自暴自棄に緒方がわめく。

何がわかる、と言われると、確かに何もわからないかもしれない。きっと緒方にも、クスリに逃げたくなる何かがあったのだろうから。

「クスリ、やめろよ……」

それでも男の目を見てそれだけを言ったケイの腕を、緒方がいらだったように振り払う。そしてそのまま、ケイに背を向けてふらりと歩き出した。

「クソ…っ」

ケイはたまらず吐き出す。

気がつくと拳は血まみれで、真っ赤になっていた。ズキズキと鈍く痛む。

何、やってんだ…、俺……。

何もできない自分が、ひどくみじめな気がした。

何一つ、まともに解決できないくせに。

この世界のことを、少しは知った気になっていたのか。

帰り道、クスリは袋を破いて川に捨てた。

緒方のマネージャーか事務所にでも伝えておいた方がいいのか、とも思う。

密告になるが、しかし自力でやめられるものとは思えない。きっとまた、他で買えるところを探すだけなのだろう。

ケイはとぼとぼと、千住の本家へ歩いてもどった。玄関前の薄明かりの中であらためて自分の姿を眺め、さすがにまずいな…、と入るのを躊躇する。

そもそも入るなら、裏口だ。

まわろうと思った時、からり、と玄関の引き戸が開き、狩屋が姿を見せた。

「ケイ?」

暗い影にわずかに目をすがめ、呼びかけられてビクッと足が止まる。

振り返れないままのケイに、狩屋が近づいて来た。横顔からのぞきこまれ、うん？と無造作に顎がとられる。

「どうした？　ケンカか？」

「いっ……！」

今さらに、ズキンと傷が痛んだ。

「何をやらかした？」

「いえ…、ちょっと」

静かに聞かれ、しかしケイは言葉を濁す。

とても言えなかった。

「きれいな顔がもったいないな…」

それ以上、追及することはせず、小さく吐息で笑うように言われて、ケイはハッと狩屋を見つめた。

自分の顔……、狩屋は気に入ってくれていたんだろうか……？

なぜか、そんなことを思ってしまう。

胸の奥が疼く。

「オーディション、それだとまずいんじゃないのか？」

「どう…でしょう…。むしろいいのかも？」

強いて笑ってみせると、引きつった頬に痛みが走る。

多分、それまでには治っているはずだが。

だがその日はいずれ——あとひと月もたたずに確実の来るのだと、ふいに思い出す。

「すみません…、俺……」

なぜかふいに涙が溢れてきた。

もっと…、そばにいたかった。もっと、いろんなことを教えてほしかった。

だが、世界が違うのだ——。

今日初めて、それを実感した気がした。

この平然とした顔で、いったいどれだけの人間のフォローをしているのだろう。

嫌な顔一つせず、ただ自分の仕事として。

この男にとって、自分はただの通りすがりのガキに過ぎない。がむしゃらにもがいているだけの。頼まれた三カ月が終わると、すぐに忘れてしまうくらいの。

だが、それでは嫌なのだとわかった。

この人に認めてもらいたかった。

世界が違うのだとしても——自分の世界でちゃんと立っているところを見てほしかった。

「拳、腫れるぞ。冷やしとけ」

その忠告に、はい、とケイはうなずくことしかできなかった——。


それから一週間ほどがたった頃。

兄貴たちにさんざんからかわれた青あざや絆創膏だらけの指や顔も、ようやく少し治り始めていた。一時は箒が持てないくらいだったのだが。

「女か？　女だろ？」

と、兄貴たちには問い詰められたが、まあ、そんなもんです、と答えるしかない。

「千住の組長に話がある」

この日、いきなり門の前に車で乗りつけてきたのは、タニケンだった。

対応に出たのは兄貴だったが、それを庭先から垣間見て、ケイは一瞬、心臓が凍りついた。

タニケンのうしろには、あの男がいる。

V字の剃りが入るあたりの額には、大きな絆創膏を貼りつけて。

食い殺しそうな目で、千住の家をにらみつけていた。

まさか…、俺だとバレたのか…？

ゾッとした。

店が薄暗かったこともあったし、そもそも芹沢組長の家で会ったことを、あの男が覚えていたかどうかも怪しかった。

が、ケイが覚えていたくらいだから、相手が覚えていたとしても不思議はない。

仮に殴り合った時には気がつかなかったとしても、あのあと思い出した可能性はある。どこかで傷だらけのケイを見てピンときた可能性も。

まずい。本当にまずいと思った。

千住に迷惑をかける。狩屋にも。

どうしよう、と思ったが、どうしたらいいのかわかかない。

家に入れる前に自分が出て行けば、自分との話し合いになるのだろうか？

当然、あの男は自分を恨んでいるはずで、……半殺しの目に遭ったとしても。

「ケイ」

と、ふいに背中から声をかけられて、ケイは飛び上がりそうになった。

「か、狩屋さん…」

まともに顔が見られない。

「ちょっと来い」

顔を伏せたケイに、短く言うとさっさと歩き出す。仕方なく、ケイはあとに続いた。人気のない庭の隅で、あらためて向き合う。

「おまえのその傷…、あの男が相手なのか？」

淡々と聞かれ、ケイはきつく目を閉じた。

はい、と認めるしかない。

「何があった？」

隠しておけることではなく、ケイはあの日のことをすべて話した。

「すみませんでしたっ」

そして、地面に崩れ落ちるようにしてあやまった。

「あの…、千住に迷惑は……？」

「かかるな」

おそるおそる顔を上げて尋ねたケイに、狩屋はバッサリと答えた。

「まぁ…、仕方がない。そういう稼業だ」

さらりと言うと、来い、とケイを連れて勝手口から中へ入る。

「何の用だと？」

眉をよせて胡散臭げに顎を撫でる組長と、腕を組んで難しい顔で立っていた柾鷹に、狩屋が簡潔に状況を説明した。

「なるほどな…」

組長が耳を掻きながら、小さくため息をついた。

「そりゃまぁ、落とし前がいるわな…」

「すみませんっ」

ケイは畳に膝をついて額をこすりつける。抑えようもなく身体がぶるぶると震えてた。

「ケンカのことじゃない。そのあとのことだ。わかってんのか？」

いくぶんあきれたよう柾鷹に聞かれ、え？　とケイは顔を上げる。

「先週、タニケンのシャブのルートが一つ潰れたと聞いたんで、何があったかと思ったら……な」

どうやら、あの騒ぎが警察沙汰になり、Ｖ字の男は逮捕されなかったものの、店が摘発されたようだ。おかげで店についていた客は消え、クスリを卸していたルートも撤退したらしい。

タニケンとしては収入源を潰されて、大きな打撃になったというわけだ。

そんな大きなことになっていたとは、まったく想像もしていなかった。

「めんどくせぇな…」

やれやれ、というようになって、組長が廊下に出た。柾鷹があとに続き、そのあとから狩屋が続く。

「おまえもだ」

「は、はいっ」

振り返ってうながされ、ケイもあわてて追いかける。

「あのっ、……俺、どんな責任でもとりますからっ」

男たちの背中に、とにかく声を上げた。

それに振り返って、ふっ、と柾鷹が鼻で笑う。

「責任てのは誰かがとらなきゃいけねぇ。だが誰がとるかは、そん時の駆け引きによるからなァ…」

その言葉の意味がケイにはわからなかったし、これからどうなるのかもわからない。

心臓の鼓動が耳に届くほど緊張しながら、応接室のドアを開いた。

組長が先に入り、柾鷹が続く。そしてそのあとから入った狩屋と、そしてケイの姿に、ソファにそっくり返っていたタニケンが楽しそうな声を上げた。

「……おぉ？　話の内容はわかってるみたいだな」

「今聞いたところだ」

あっさりと答えながら、組長が男の前にどさりと腰を下ろした。柾鷹がその隣にすわり、狩屋とケイは立ったままだ。

「うちの若いのがちっとばかりやんちゃをしたようで、すまなかったな。とばっちりだったとか？」

組長がさらりと詫びを口にする。

が、それですむわけではないだろう。

「てめぇだったとはな…。あの時、すぐ気づかなかったとは、俺も相当酔ってたな」

タニケンの隣から、V字の男が物騒な眼差しでケイをにらんでくる。

「目をそらすな」

ささやくように狩屋に言われ、ケイは必死に踏ん張った。

「で？　何だって？」

千住の組長がゆったりと腕を組み、タニケンに向き合う。

「なに、こっちとしては落とし前をつけたいだけだ。商売を潰されたんだからよ…」

いびつな笑みで、タニケンがへらへらと笑ってみせた。

「なにしろ、こないだはずいぶんと偉そうな御託を並べてくれてくれてたからなぁ…、千住の坊ちゃん？」

柾鷹はそれに鼻を鳴らしただけで返す。

「ヤクザの本質ってのはケジメなんだろ？　あぁ？　てめぇはそのケジメ、きっちりつけられるんだろうな!?」

恫喝するようにタニケンが怒号を張り上げたが、どうやらこの中に、その程度の脅しでビビる人間はいなかったようだ。

「ケジメね…。もったいぶってねぇで、具体的に言ってみろよ」

どこか挑発的に柾鷹がうながす。

「そーだなァ…。ま、手軽な詫びの方法なら伝統的なヤツがあるよな？」

とぼけたように言いながら、タニケンが懐《ふところ》に手を入れた。

「指の一本も詰めてもらおうか？」

楽しげに言いながら、白い布に巻いた細長いものをおもむろにテーブルにのせる。

「指…？」

さすがにケイは血の気が引いた。思わずぎゅっと、自分の指を握ってしまう。

その様子に、にやりとV字が笑った。

「そのガキはずいぶんとビビってるみてぇだが…、ここは管理者責任ってヤツじゃねぇのかなぁ？」

「そういや、なぁ、ヤクザを生き方にしてる坊ちゃんよ？　あんたは、筋を大事にする昔気質のヤクザなんだろ？　ええ？」

当てこするみたいにタニケンが続ける。

ケイはようやく、こいつらが自分をダシにして柾鷹たちをたたきにきたのだとわかった。自分が、そのいい口実を与えてしまったのだと。

背筋を冷たい汗が流れていく。

「俺のエンコねぇ…」

しかし危機感もなく、どこかのんびりとつぶやいて、柾鷹が小指を立てておちょくるみたいに動かす。

「ま、それで気がすむってんなら、それでもかまわねぇがな…」

まるでバナナを切る程度の気楽さで言うと、柾鷹が腕を伸ばしてテーブルの布を引きよせる。

軽く畳んでいたそのさらしを開くと、中からは白木のドスが現れた。

生々しさに、ケイは思わず息を呑む。

柾鷹がそのドスを持ち上げ、するりと抜いてみせた。刃は美しく曇りのない光を放っている。

「切れ味はよさそうだな…」

目を細めてつぶやいた柾鷹に、タニケンがにやにやと笑う。

「切り口もきれいだと思うぜ？」

ふむ、とうなずいて、柾鷹が広げたさらしの上に左手をおこうとした時だった。

「柾鷹さん。それは俺の役割だと思いますね。ケイは俺の預かりですから。……それが筋でしょう？」

狩屋の静かに声に一瞬、息が止まった。

柾鷹がわずかに目をすがめて狩屋を見る。何か確かめるみたいに。

ふははは、とタニケンがせせら笑った。

「かまわねぇぜ、どっちでも。小指一本に学割しといてやらァ」

そんな哄笑を聞きながら、テーブルの横に膝をついた狩屋が、柾鷹からドスを受け取った。

左手を大きく開き、ゆっくりとさらしに乗せる。

「ダ…、ダメです…！　ダメだっ！　俺が…っ、俺の責任ですからっ」

泣きそうになりながら、ケイはとっさに声を上げた。誰かに肩代わりさせるようなことは、とてもできない。

「もうおまえの問題じゃない」

しかし振り向きもしないまま、狩屋にぴしゃりと言われ、それ以上、何も言えなくなる。唇が、声もなく震える。

だがとても現実感がなかった。目の前の光景が信じられない。

本当に…？　本当にやるのか…？　嘘だろ…？

そんな思いがぐるぐると頭をまわる。

「失礼します」

短く言った、次の瞬間――。

その瞬間を、ケイはとても見ることはできなかった。

ゴリッ、というような骨の砕ける嫌な音に総毛立つ。

息詰まるような数秒が過ぎ、重い空気の中、ケイはようやく目を開ける。

飛び出しそうになった悲鳴を、ようやく喉元で殺した。

真っ白だったさらしは、鮮やかな赤に染まっていた。白刃も赤い雫を滴らせている。

そしてただの物体となった小さな指が、さらしの上に不気味に転がっていた。

狩屋は歯を食いしばり、うめき声を押し殺したまま、右手で先のない指をきつく握っている。

「……それで？」

ふいに、冷ややかな組長の声が空気を震わせた。

「あ？」

残忍な喜びに頬を緩めていたタニケンが、怪訝《けげん》そうに顔を上げる。

「ケンカは両成敗のはずだが？」

「何を……くだらねぇ」

ハッ、とタニケンが鼻を鳴らす。

「そもそもクスリに手を出すのは、神代会じゃ御法度《ごはっと》だったはずだ」

柾鷹が何かを押し殺したような低い声で続けた。

「建前だろうがっ！」

それにタニケンが吠える。

「建前ねぇ…。この件を上の報告したら時、幹部の連中がどう受け止めるかな？」

組長がのんびりとしただけに、どこか凄みのある口調で言った。

「あんたの商売を潰したことに対して、うちはきっちり落とし前をつけた。ヤクに手を出して警察沙汰にしておきながら、てめぇは逃げげんのか？　あぁっ？」

張りのある組長の声がまっすぐに貫く。

「だいたいあの場所はあんたのシマじゃねぇだろうか？　あ？　あそこは三つの組の緩衝地だったはずだ。そんなところで騒ぎを起こしたことへの落とし前はどうするつもりだよ？　ええっ？」

ピリピリと空気が音を立てるようだった。

ゆらりと立ち上がった柾鷹が、血に濡れたドスを持ち上げると、ドン！　とV字の前に突き立てた。

「てめぇが詰めりゃ、両成敗だ。他の組への顔も立つ。だろ？」

にやっと笑って言った柾鷹に、V字が顔色を変えた。

「じょ…冗談じゃねぇっ！」

弾けるようにソファから立ち上がる。

視線も落ち着かず、あたりを見まわしたが助けてくれる人間などいない。

「なんで俺が…っ」

言い訳めいた言葉を押し出したかと思うと、いきなり身を翻して部屋を飛び出した。

「なっ…、おい待てっ！　クソガキがっ」

あわてたようにタニケンがあとを追いかける。

当然だ。一人残されたら、次は自分の番だ。

「最近のガキは意気地がねぇな…」

柾鷹が鼻で笑う。

「――おい！　車、用意しろっ！　病院、連れてけ。今ならまだくっつくだろ」

組長が大きく怒鳴るように声を上げる。

廊下の方でバタバタと足音がし、すぐに玄関先に車が回される。

氷や替えのきれいなさらしも準備されていた。手早く慣れている感じに、やはり「日常」の違いを感じる。

「持ってけ」

さらしに巻いた小指を、柾鷹がケイに押しつけた。

それをきつく胸に抱きしめ、ケイは狩屋に付き添う。

「大丈夫……なんですか？」

「元通りついてくれないと、学生をやるのが面倒になるな……」

青い顔で尋ねたケイに、しっかりと廊下を歩きながら狩屋が小さく笑った。

あらかじめ話は通っていたらしく、馴染みの病院に着くとすぐに手術が行われた。

ケイは落ち着かない思いで待っていたが、どうやら無事に縫合はできたらしい。ほぼ元通りに動くでしょう、と医者から笑顔で言われて、全身の力が抜けるようだった。

念のため、その日一日入院した狩屋だったが、翌日には本家にもどっていた。もちろん、指にはがっちりと包帯が巻かれていたが。

おかえりなさい、とみんなが心配げに出迎える中、ケイはただ申し訳なさに、まともに顔を見ることもできなかった。

それでもちゃんとあやまりたかった。あやまらないといけない。

この日は朝からしとしとと雨が降り続いていたが、夕方には上がっていた。

雨上がりの夕焼けが、燃えるようなオレンジに西の空を染め上げている。

ふと足を止めて庭先でそれを眺めていた狩屋の背中に、ケイはそっと近づいた。

しばらく声をかけられないまま、じっと背中を見つめていたケイに、狩屋がゆっくりと振り返る。

「すみませんでした…っ！」

顔が見られず、その瞬間、ケイは目をつぶったまま深く頭を下げる。

「気にするな。大きな問題はない」

いつもと同じ淡々とした声が耳に落ちた。

「で、でも…！」

ようやく顔を上げてケイは男を見つめる。

「俺が…、ここに来なかったら……こんなことには……」

そもそもそれが間違っていたのだ。

「おまえを引き受けたのは、おまえや箕島のためじゃない」

しかし静かに言われ、えっ？　とケイは目を瞬かせた。

「俺の予習だ。将来、自分の子分を持った時のな…」

それが本心なのか、気遣いなのかはわからない。

「俺…、しばらく狩屋さんの手の代わりになりますからっ。ちゃんと治るまで、ずっと…！」

それでもケイはにじんだ涙を指先でこするようにして拭い、決然と声を上げていた。

しかしそれに、狩屋はしばらく何も言わなかった。何か少し考えるように、じっとケイを眺めてくる。

「狩屋さん……？」

落ち着かない、何か不安な思いで、ケイはそっと呼びかけた。

一度目を閉じてから、狩屋が口を開いた。

「ケイ。おまえはもう帰れ。おまえの世界へ。もう十分、こっちは見ただろう？」

そんな言葉に、大きく目を見開く。

「そ…、それは……、俺、見捨てられたんですか…？　迷惑、かけたから…」

心臓がドクドクと大きな音を立て始めた。足下が崩れ落ちそうな気がする。

「この程度のことは日常茶飯事だ。いちいち気にしていたらキリがない」

軽く指を持ち上げて狩屋がさらりと言う。

「だったら、どうして…っ？」

思わず詰めよるようにして問い質してしまう。

「これ以上いて、何を見るつもりだ？」

逆に聞き返され、ケイは言葉を失った。

「俺に縛られる必要はない。これ以上いたら、おまえは迷うだけだ」

一瞬、息が止まった。

その言葉がまっすぐに胸を貫く。ドクッ…、と頭の芯に鼓動が反響するようだった。

まるで心の中をすべて見透かされているみたいで――呆然と男を見つめてしまう。

「そん…、そんな…っ。そんな……でもまだ、あとひと月……！」

無意識に首を振りながら、ケイは必死に食い下がる。このまま離れたくなかった。

「あとひと月いて、そのあとどうする？」

冷たく聞き返され、ケイは愕然とした。

手足が冷たく痺れていく感覚に襲われる。

「同じことだ。おまえはおまえの世界へ帰る。ここで遅らせても意味はない」

「でも…っ！　でも俺はあなたが…っ」

なりふり構わずすがりつきたかった。

今、この瞬間にすべてを捨てても。

そう思える。

「俺っ、俺、役者にはならなくても…っ」

必死だった。

「もう黙れ」

いきなり男の右手がケイの襟首をつかみ、ぐいっと引きよせられる。

そして次の瞬間、唇が重なっていた。

何が起こったのか――何をしているのか。

頭の中は真っ白で、意識が追いつかなかった。意識も、感情も。

男の熱い舌がケイの口の中を掻きまわし、舌が絡められる。

きつく、激しく。そして優しく――甘く。

全身から何かが溢れ出しそうになる。

「狩屋……、さん……」

そっと唇が離され、ケイは無意識に男の胸のあたりをつかんでいた。涙がぼろぼろとこぼれ落ちる。

全部――この人にはわかっているのだろうか。自分でもわからない、ケイ自身の気持ちまで。

「おまえは…、おまえの目指す世界があるんだろう？」

耳に落ちた静かな声が、いつまでも胸に残っていた――。

※　　　　※

「……おひさしぶりです」

じっと狩屋を見て、ようやくケイは言葉を押し出した。それだけの言葉が、喉に引っかかるようだった。

「私はひさしぶりな感じはしませんが。お顔はよく拝見しますので」

狩屋が静かに微笑む。

「見て……くれてるんですか？　あの、あの時の映画、見てもらえましたか？」

思わず勢いこんで尋ねてしまう。

十二年前、ケイはオーディションに合格しなかった。しかし監督の目にとまったらしく、ケイにも準主役級の役がついたのだ。

「おもしろいな。ヤクザみたいに芯の通った雰囲気を持ってる」

そんな評価だったらしい。

そこからコツコツと地道にがんばって、ようやくここまで来た。いくつかの賞も受け、とりわけ少し陰のある裏社会の人間の役では、定評もある。

苦しい時もあったが、正直、あの密度の濃い二カ月と少し――あの時の経験を思えば、どんなハード撮影でも問題はなかった。なにより、メンタルは強くなったのだろう。

「ええ。おもしろかったですよ。……芸名、ケイにしたんですね」

そう言って、狩屋がわずかに首を傾げた。

あの時、狩屋は人前では決してケイの名字を呼ばなかった。子分たちにも教えていないのだろう。

将来、人に見られる仕事につくのなら、「遊馬」という少しばかり印象に残る名字とケイの顔を、セットで覚えさせない方がいい、という配慮だったのだと思う。

正式にデビュー――再デビューすることが決まって、芸名は、と聞かれた時、ようやくそれに気づいた。

だがその配慮を無にしたとしても、それでも、この人に呼んでもらった名前でいたかった。

「そういえば組長…、先代は……残念でした。今頃ですみません。あのあとすぐだったんですよね……。俺、世話になったのに葬式にも行けなくて」

柾鷹に向き直り、ケイはわずかに頭を下げる。

自分がいた頃も、水面下でくすぶっていたのだろうか？　あるいはいきなり勃発したのか。日本中の組を揺るがした大きな抗争が、ケイが去ってから数カ月で起こり、先代の組長は命を落としたのだ。ニュースを見た時は、声も出なかった。

「カタギが顔を出すようなところじゃねぇよ…」

柾鷹が低く笑う。

「ま、元気でやれよ。うっかり何か問題でも起きりゃ、頼りにしてもらってかまわねぇが…、そうでなけりゃ、うかつにこっちには近づかない方がいいな。最近はいろいろとうるさい」

柾鷹が耳の穴をほじりながら言った。

「別に…、昔のことがバレたらバレたでかまいませんよ。それこそ昔のことですし、ちょっとした武勇伝ですからね。それだけ、役作りに情熱を傾けたということでもある」

小さく微笑み、ケイはさらり言った。

「でも、今関わるのはまずい」

しかし狩屋に静かに続けられ、無意識に唇を噛む。

「……かも、しれません」

社会的に、常識的にそうなのだろう。

でも。

「これは…、千住さん。おいでだったんですね」

と、ふいに横から声がかかって、柾鷹がそちらに向き直った。

「ああ…、社長。ご無沙汰しています」

ヤクザの雰囲気はみじんもなく——とはいえ、いささか強面なのは隠せないが——柾鷹が朗らかに挨拶をしている。

どこかの社長のようだが、もちろん柾鷹の素性を知っていて、世話になっている、ということだろう。

ちらっとそちらを横目にした狩屋の左手に、ケイはそっと触れた。

「問題なく…、使えてるんですね。よかった……」

軽く持ち上げた小指を見つめ、指先でそっと撫でる。

つなげたあとは、薄いリングのような痕になって残っているだけだ。

「ああ。いつまでもおまえが気にすることじゃない」

柾鷹がいなくなったせいか、口調が昔のものにもどっていた。

胸がぎゅっとつかまれるようにうれしく、切なくなる。

「俺のための傷ですから」

「おまえのためじゃない」

冷たく、優しい言葉。

「……そうでしたね。でも、俺のせいだ」

自分が原因を作ったことは間違いない。

「すみません。最低ですけど…、うれしいんです。あなたに俺の傷跡を残せたこと」

ケイは目を閉じて、そっと、その傷跡に唇で触れる。

振り払われないのがうれしかった。

目を開き、ケイは静かに狩屋を見つめた。

「ずっと…、あなたが好きです。自分に嘘はつけない」

それをいったん受け止めてから、めずらしく狩屋が目をそらした。

そして、小さなため息をつく。

「俺に認められるのに、同じ世界にいる必要はない。おまえにふさわしい世界で生きればいい」

「俺…、我が儘になったんですよ。あなたに認めてもらうだけじゃ、満足できない」

昔はこんなことも、口にはできなかった。とても自分に自信がなくて。

今でも、この男の前に立てる価値があるのかもわからない。でも。

「今いるこの世界を……楽しんでます。精いっぱいぶつかってます。でも、……だからこそ、いつ辞めても後悔はしません」

その言葉の意味は、この男ならわかるはずだった。

必要なのは、共に生きる覚悟だ。

同じ修羅の世界を。

この人が……受け入れてくれるなら。

「狩屋」

社長と会話を終えたらしい柾鷹が、軽く顎で合図してくる。

狩屋がそちらに小さくうなずいた。

「では」

手を離し、狩屋が静かに言った。

そしてちょっと考えるようにしてから、その手で優しくケイの前髪をかき上げる。

ケイは息を詰め、瞬きもできずに男を見つめた。

「いい男になったよ」

静かに微笑んでそう言うと、狩屋はゆっくりと踵を返す。

柾鷹のうしろにぴったりとついて、狩屋が歩き出した。

人混みに紛れ、小さくなる背中に、ケイはとっさに呼びかける。

「狩屋さん…！」

おそらく、一番になれることはないのだろう。

それでも。

狩屋がちらっと肩越しに振り返る。

あきらめるつもりはなかった。

いつか、その背中に手が届くまで――。

end.

Who unlocked the key to his heart? —金庫番—

正月が明け、周囲の慌ただしい空気もようやく少し落ち着き始めていた。

神代会《かみしろかい》系千住組《せんじゅぐみ》で舎弟頭《しゃていがしら》を務める前嶋義高《まえじまよしたか》にとっても、年末年始の定例行事が一段落ついてホッと肩の力が抜けた頃だ。

とはいえ、今年は先代の十三回忌法要が三月に控えている。来月に入るとすぐにでもその準備に取りかからなければならず、またいそがしい日が続くことはわかっていた。

その前に、と、前嶋はこの日、ひさしぶりに夜の街へ飲みに出ていた。

本家の内々の仕事を一気に仕切る立場の前嶋は、例会や冠婚葬祭の義理事などで組長のお供《とも》をして外へ出るようなことは少ない。基本的に、留守を守る仕事なのだ。

物理的にも精神的にも、がたつかないように本家の中をきっちりと整え、外からの客を迎える。傘下の組の動向をしっかりと把握し、ことによれば相談に乗り、一家の団結を固める。そんな役目だ。

若頭《わかがしら》の狩屋《かりや》が対外的な仕事を受け持ち、前嶋が対内的な務めを受け持っていることになる。では組長は何をするのかといえば、組の顔、そのものである。狩屋も前嶋も、その顔を立たせるための役目、とも言える。

もちろん、何にせよ最終的な判断は組長の千住柾鷹《まさたか》に委ねられるわけだが、組長はあまり細かいことにとやかく言う人ではなく、たいていのことを前嶋に任せてくれていた。

その分、やり甲斐《がい》もあり、責任の重さも感じている。

組長は基本的におおざっぱでめんどくさがりでもあり、仕事はほとんどまわりに丸投げしているのだが、何かあった時に責任を人に押しつけるようなことはない。そのあたりはやはり先代の血を受け継いでいるんだな、とちょっと胸が熱くなる。


前嶋は、先代に拾われて千住組の門をくぐった。

飲んだくれの父親には殴られて育ち、中学へ入った頃にはケンカに明け暮れていた。水商売をしていた母親の稼ぎもほとんど父の酒代に消え、小遣いどころかまともな食費ももらえないことが多かった。

そんな父から前嶋を守り、育てるのに必死で働いていた母親は心身ともにすり減らし、中学を卒業する前に倒れてからあっという間に帰らぬ人になった。

そのまま行けば、あとはもう少年院へまっすぐに飛びこむばかりだっただろう。

半殺しになるくらい父親を殴り倒して家を飛び出し、野良犬みたいに街をうろつきながら置き引きやかっぱらいで食いつないでいた頃、夜の繁華街でたまたま通りかかったヤクザにケンカをふっかけてしまった。

よくある、肩がぶつかっただなんだというちょっとした小競り合いだ。

薄暗い中で、もちろん最初は通りすがりのサラリーマンか何かだと思っていたのだ。ちょっと金をせびれればラッキー、くらいに。

ヤクザだと気づいて、まずい、と逃げようとした時にはすでに遅く、まわりを何人もの若い連中に取り囲まれていた。

あっちに一発、こっちに二発とピンボールみたいに突き飛ばされながら殴られたが、前嶋は親玉らしい男をにらみつけて叫んだ。

「さっさと殺せばいいだろっ、クソ野郎！」

先も見えず、もうどうなってもいい、と自暴自棄だったのだろう。

暴れながら吐き出したタンカに、男は低く笑った。

「おお？　威勢がいいなァ…」

そして無造作に髪がつかまれて、強引に顔が上げさせられて。

「なんだ…、まだガキじゃねぇか。おまえ、いくつだ？　高校は行ってんのか？」

まじまじと前嶋の顔を眺めて、男が尋ねた。

当時から体格はよく、何かの時には高校は卒業した、とごまかしていたが、男はかなり正確に見極めていたようだ。

「ハハハ…、うちにもおまえと同じくらいのぼうずがいるよ。やっぱり可愛《かわい》くねぇヤツでな」

むすっとしたまま答えなかった前嶋に、男はおもしろそうに笑っていた。

それが千住の先代だった。

どこへ行くあてもなかった前嶋は、そのまま引きずられるみたいに本家へ連れてこられ、千住の部屋住みになり、組の仕事をするようになった。

それまでがそれまでの暮らしだ。ヤクザになることに、さほど抵抗はなかった。むしろ、まともな生活ができるようになった。礼儀作法や上下関係も一からたたきこまれ、堅苦しくはあったが、思っていたほど理不尽な扱いを受けることは少なかった。どうやら千住では、そのあたりが徹底されていたらしい。

金は出してやるから高校へ行ってもいいぞ、とも言われたが、それよりも組の仕事を覚えたかった。いろんな兄貴分の下について、経験を積んでいった。

その先代の「ぼうず」が、今の組長である柾鷹だ。前嶋よりも二つばかり年上だった。

柾鷹と、そして今の若頭である狩屋は、二人とも地方の全寮制の学校で寮生活をしていたため、高校卒業までは長期の休みの時くらいしか顔を合わせることはなかったが、年が近かったせいか、よく一緒に行動していた。

兄弟のように育った、というのはおこがましい。

先代は実子である柾鷹も、四つ五つくらいから柾鷹と一緒にいるらしい狩屋も、そして前嶋のこともほとんど区別せず、どれもこれもみんな等しく「ガキ」扱いしていたが、やはり柾鷹は跡目だ。

昔から狩屋は自分の立場をきっちり守っていたし、前嶋もそれにならっていた。

十八になると前嶋は先代と盃《さかずき》を交わしたが、先代の死後、前嶋は柾鷹の「子」ではなく弟分であることを選んだ。

狩屋は若頭となり、前嶋は舎弟頭となって組を支えている。……つもりだ。

抗争で先代を早くに亡くしたことは、今でも思い出しただけで震えるくらいに悔しい。

が、若くして跡目を継いだ柾鷹は、海千山千のしたたかな組長たちを向こうに一歩も引くことなく、神代会の中で十分な存在感を示している。関東一円に勢力のある神代会の中でも、まだ若く、勢いのある組だった。

先代の死が一家の結束をさらに強め、しっかりと名跡《みょうせき》を守っているのだ。

神代会内部での覇権争いや、対立する一永会《いちえいかい》などとの対応に直接当たっている狩屋はもっと大変だろうな、とは思うが、前嶋にしてもやはり気を張る毎日である。

役目上、本家を空けることはほとんどないのだが、ふらりと一人で飲みに出るのは、そんな中のちょっとした息抜きだった。

千住組の傘下や、他の組でもよほどの幹部以外にはあまり顔が知られていないこともあり、傘下の連中がやっている店をこっそりと訪れることもあったが——グルメガイドの覆面調査員よろしく——、まったく関係のない、馴染《なじ》みの店もある。

前嶋の素性を知らない店だと、気安く肩の力を抜いて飲める。ことさら隠しているつもりはなかったが、あえて口にするつもりもなかった。知らない方がおたがいのためでもある。とはいえ、経験の長いママさんなら、裏稼業の人間だと察しているのかもしれないが。そしてことさら追求しないのも、やはり経験なのだろう。

若いホステスなどは、どう推測しているのか、そこそこ羽振りのいい仕事には見えるのだろう。モーションをかけられることもあったが、深くつきあうことはなかった。一、二度、寝ることはあっても、連絡先を交わすことはしない。

こんな仕事だ。誰かと所帯を持つようなことは考えていなかった。

――本気になる相手が現れればわからないけどな……。

と、それでも最近になってそんなことを考えてしまうのは、今の組長と、恋人――というのか、愛人というのか、朝木《あさぎ》遙《はるか》を間近で見ているせいかもしれない。

……男、ではあるが、立派に千住の姐《あね》さんだ。組の中では「顧問」と呼ぶことが通例になっている。

ケンカするほど仲がいい、というのがしっくりとくる二人だった。派手にやらかしても――ほとんどは組長が怒らせているのだが――結局、元の鞘《さや》に収まっている。端からでも微笑《ほほえ》ましく見てしまう。

だが遙が、そして組長が、おたがいにどれだけ腹をくってその関係を築いているのかもわかっているつもりだった。

カタギの人間でヤクザの姐さんをやるのは並大抵ではない。その上、男なのだ。まわりからの、好奇の目にもさらされる。

前嶋も最初は驚いたが、さすがに組長が選んだ人だと思う。

そして本家を預かる身としては、時にだだっ子のような組長をうまく扱ってくれる遙の存在はとても助かっている。

そのおかげか、こうして外へ飲みに出るのも気兼ねが少なくなっていた。

虫の居所のせいで突発的に組長が暴れ出したとしても、多分、問題ない——、と。

この日は軽く食事をし、二、三軒、傘下の店の様子を見たあと、一人で静かに飲めるバーに入って、じっくりと好みのシングルモルトを味わってから帰路についた。

まだギリギリ終電に間に合う時間だったが、さすがにタクシーが使えないほど収入がないわけではない。

前嶋自身は組を持っていないので、直接のシノギはなかった。だが本家の収支を管理する立場でもあるので、やろうと思えばいつでも自由に金は引き出せる。自分の「給料」を、自分で決められるわけだ。

とはいえ実際には、組の用事で金を動かす以外は、せいぜい月に四、五十万ほどもらっているだけだった。

本家で暮らしているので家賃は必要ないし、組の仕事以外で使う場所もほとんどない。女でも囲っていればそれなりに金はかかるのだろうが、今のところそんな相手もいない。

正直、女をかまうヒマはなかったし、……まあ、金だけ与えておけば満足な女もいるのだろうが、別にそこまでしてキープする必要は感じていなかった。高い女を横に置いてステイタスにする趣味もない。

仕事が趣味、というのはおそらく狩屋と同じで、そしてこんな一人飲みが唯一の楽しみで、気晴らしなのだ。

それはちょうど、バーから大通りへ抜けようと裏道を歩いている時だった。

金曜の夜でそこそこ賑《にぎ》やかだった飲み屋街も、終電間際の慌ただしさが過ぎてネカフェや漫画喫茶が混み始める時刻だろうか。真冬の寒さが肌を刺し、時折、酔っ払いの声高な笑い声や、若者たちのバカ騒ぎがどこからか風に乗ってくる。

通り過ぎようとした路地の奥からなにやらねっとりとした気配が届いた時も、最初は若いやつらが乳繰り合っているんだな、くらいにしか思わなかった。

この寒空の下で酔狂なやつらだ…、とあきれたが、ふと耳をかすめた声に、前嶋は思わず足を止めていた。

「……いいよ……？　好きにして…、めちゃくちゃにしていいから」

そのなまめかしくかすれた声は、どこか聞き覚えがあった。わずかに高めだったが、間違いなく男だ。

とはいえ、これまでその男の声は感情のない冷静な調子《トーン》でしか耳にしたことがない。まさかとは思ったが、気になった。

「うわ…、すげぇ。マジで？」

「えー、ここでするのか？　ちょっと寒いんだけど。ホテル、行かねぇの？」

さらに重なった男たちの声に、前嶋はわずかに眉《まゆ》を寄せた。

どうやら二人ではない。三人……か、それ以上、いるらしい。

「んん…、あとで……。すぐにあったかくなるから……ねぇ、いいよね…？」

そちらはまったく覚えのない声だ。かなり若く、まだ二十歳前後だろう。

前嶋がそっと様子をうかがった路地の奥で、細い人影が別の男にしなだれかかっているのがわかる。

「すごいね…、アンタ。そんなに飢えてんだ？」

クスクスと笑う男の声。

「早く…、ねぇ…、早くしよう？　コレ、欲しい……」

せがむように言いながら、ねだっている方が別の男の前に膝《ひざ》をついた。

酔っているのか、少しろれつが回っていない。

「うわ…、おしゃぶりしてくれんだ？　すげー、慣れてんだな、あんた」

いくぶん興奮したように、相手の男の声がうわずっている。

「経験、あるんだ？　後ろ、気持ちイイの？」

背中側に立っていたもう一人がおもしろそうに聞く。

「キレイな顔してんのに。いくらでも引っかける男はいるんじゃないの？」

「エロすぎて引かれてるとか？」

キャハハッ、とあざけるように若い男二人の笑い声が弾《はじ》ける。

「高そうなスーツ、着てるよねえ…。あんたさぁ、何してる人？」

「ねー、思いきり気持ちよくしてやるからさ…。お小遣い、くれない？」

言いながら、片方の若者がわずかに身を屈《かが》め、男のスーツをまさぐっているようだ。

前嶋は小さく舌を弾いた。

どうやら知っている人間に間違いなさそうだった。……ふだんの姿からは、とても想像できなかったが。

「——おい、おまえら！」

とっさに路地へ足を踏み出し、大きく声をかけた。

ようやく前嶋の存在に気づき、ヒッ…と男たちが凍りついた。

「そんなところで何をしている?」

低く脅すように聞きながらゆっくりと近づくと、男たちが顔を見合わせて、それでも言い返してきた。

「べ、別に…、襲ってるわけじゃねぇだろっ」

「こいつが相手、してほしいっていうから……」

ようやく輪郭がわかるくらいの距離になって、男たちは前嶋の体格のよさにさすがに腰が引けたらしい。

どこかの組のチンピラというわけでもなさそうで、前嶋はホッと息をついた。三流大学にでも通いながら、ちゃらちゃらと遊んでいそうなガキどもだ。

「何だよ、あんたは…っ?」

それでも必死に嚙《か》みついてくる。

「失《う》せろ」

前嶋は短く言った。

「アンタには関係ねぇ…——いぃぃいてっ、いてぇよ……っ!」

わめき立てようとした言葉が終わらないうちに、前嶋が手近の男の腕をひねり上げ、甲高い悲鳴がほとばしる。そのまま男の身体を前方に突き飛ばすと、前をもろ出しにしていたもう一人の男もじりじりと壁沿いに遠ざかった。

たたきのめすのは簡単だったが、やり過ぎると昨今は警察がうるさい。素性がバレないなら、それにこしたことはなかった。わざわざ名乗って粋がるのは、バカのすることだ。

「なっ、別に…、好きで男なんか相手にしねぇよっ」

そして捨て台詞《ぜりふ》のように叫ぶと、そのままバタバタと逃げ出していった。

短くため息をつき、前嶋が視線をもどすと、残された男がずり落ちるように壁際に腰をつき、よどんだ目で前嶋を見上げていた。

「あなた…、何ですか……？　どうして邪魔するんだ……」

まともに前嶋の顔も認識していないのだろう。うなりながらも、ぐらりと身体が揺れる。

「おまえこそ、こんなところで何をしている？」

まともに聞こえていないだろうとは思いつつ、前嶋は低く言うと、腕を伸ばして男の身体を引き立たせた。

ネクタイは緩み、シャツのボタンはいくつか外れ、そしてズボンの前も半分開いたひどい格好だ。

軍服みたいにきっちりとスーツを着込んでいるふだんの姿とは、まるで別人だった。いつもきれいに整えている髪も今は乱れ、そういえば眼鏡《めがね》もかけていない。

「前嶋……さん……？」

それでも目をすがめ、ようやくまともに前嶋の顔を見て、ハッとしたように男がつぶやいた。

「あんたみたいな人に不用意にふらふらされると、うちとしてはとても心配なんですがね、奏《かなで》先生」

むしろあきれた思いが大きく、前嶋は冷ややかに言う。

やはり間違いない。斎木《さいき》奏、だった。

千住組のお抱え税理士——いわゆる、金庫番だ。

斎木の家は、奏の祖父の代から千住の金庫番だが、今は父親がその仕事を引き継いでいる。奏も二十八歳の若さで税理士、さらには公認会計士の資格があり、父親の仕事を手伝っていた。千住の本家にも時々、足を運んでもらっている。

父親は人当たりがよく、もちろん抜け目もなく、ヤクザ相手でも世間話などしつつ、和やかに仕事を進めているのだが、奏とは必要最小限の会話しかなかった。

有能で、常に冷静にテキパキと仕事をこなしているのだが、どうやらヤクザに対していい感情を持っていないようだ。

まあ、カタギの人間ならばそれも当然と言えるが、仕事相手としては好き嫌いを顔に出すのはどうかとも思う。

家業とはいえ、ヤクザ相手の仕事をしているのに忸怩《じくじ》たる思いがあるのかもしれない。父親の斎木先生の方は「まだ青くてね…。申し訳ない。そのうちこなれてくると思いますので」と苦笑

いしていた。

仕事以上のつきあいはなかったが、立場上、前嶋とは比較的よく顔を合わせている方だろう。

「あなたに関係ないでしょう…！　プライベートで私が何をしようが。とやかく言われることじゃありませんよっ」

相手がわかったとたん、奏は少しあせったように強引に前嶋の身体を突き放した。しかしその勢いでぐらりと自分の体勢が崩れ、後ろの壁に倒れかかる。

「関係ないですませられるわけがないだろう。あんた、自分の立場がわかっているのか？」

前嶋の言葉に、ふん、と奏が鼻を鳴らす。

「ヤクザの金庫番ですか…。そんなもの、やりたくてやってるわけじゃありませんよ」

「それはおまえの都合だ。引き受けている以上は責任をもってもらう」

ぴしゃりと言った前嶋に、奏が悔しそうに唇を噛む。

実際のところ、これほど金庫番に隙《すき》があったら、あっという間にどこかの組の連中に目をつけられる。ハニートラップでもしかけられ、シノギの相手や種類、組の収入や支出、つまりどことどれだけのつながりがある、ということまで筒抜けになる恐れがあるのだ。

人の性癖や恋愛事情に首をつっこむつもりはないが、前嶋としては、好きにさせておくわけにはいかなかった。

「こんなところで素性も知れない男を引っかけるような真似《まね》をされては困るんでね。家まで送りますよ」

やれやれ…、と思いながら奏の腕をつかみ、再び引きずり立たせた。

足下がおぼつかず、崩れた奏の身体が重く前嶋の肩に寄りかかってくる。

力ずくでタクシーに押しこむしかないな、と思っていた前嶋の耳元で、ねっとりとした言葉が落とされた。

「だったら…、前嶋さん、あなたにつきあってもらうしかないですけどね…？」

「……あぁ？」

思わず首をかしげ、聞き返してしまった。

「あなたが邪魔をしたんですから、それなりの責任はとってもらわないと。……でしょう？」

「冗談が過ぎますよ、先生。飲み過ぎなんじゃないですか？」

据わった目で続けた奏に、ハァ…、と前嶋はため息をついた。

「抱けるでしょう？　男の一人や二人。おたくの組長もそっちの趣味があるみたいですし、親分がそうなら、子分も嗜《たしな》みくらいあってもいい」

何がおかしかったのか、自分で言ってけたたましく笑い出した。

この酔っ払いが…、と前嶋はいらっとした。

こんな尻軽な男は——女もだが、趣味ではないし、つきあってやる義理もない。

「今夜はね…、やりまくらないと収まらない気分なんですよ…。あるでしょう？　そういう時って」

へらへらと笑いながら密着した身体がさらに重くのしかかり、奏がよどんだ眼差《まなざ》しで前嶋を見上げた。その手がズボン越しに足を撫《な》で、意味ありげに中心へと伸びてくる。

「いいかげんにしろ」

前嶋はそれを、片手で邪険に払いのけた。

さすがにムッとしたように、奏の表情が強ばる。

「わかりましたよ…。あなたが相手をしてくれないのなら、またこれから誰か適当な相手を探すだけです」

「ずいぶんとヤケになってるようだが、失恋でもしたのか？」

いかにもな調子で尋ねると、奏がふっと視線をそらせた。その横顔が泣きそうにゆがんでいる。

どうやら図星のようだ。

「男相手にたたないというんなら、あなたに用はないですね」

打って変わって冷淡に言い捨てると、奏は前嶋の身体を押しのけて勝手に歩き出した。が、足下はふらついて、壁に手をつきながら這《は》うようにしか進めない。

「おい…、待てよ、バカが」

「ほっといてくださいっ！　千住に迷惑はかけませんよっ」

倒れかけたところを背中から支えた前嶋の腕を、奏は暴れるように振り払う。

しかしこんなところに放り出したら、ほんの数時間で、それこそ骨まで食い尽くされるのは目に見えていた。

そしてその余波は、間違いなく組に及ぶ。

「すでに迷惑なんだがな…」

前嶋は小さく舌打ちしてうなった。

「へぇ…、迷惑…。だったら、迷惑にならないように処理するのがあなたの仕事じゃないんですか？　それとも……、ああ、やっぱり自信がないということですか？　千住の舎弟頭ともあろう人が男の一人も満足させられないなんて、ずいぶんとお粗末ですよねぇ…」

喉《のど》で笑って、あえて挑発していることはわかっている。

が、さすがに前嶋も低くうなった。

「ああ…？　ふざけるなよ。こっちが下手《したて》に出てりゃ…」

税理士にしても弁護士にしても、組にとってはなかなか替えのきかない大事な顧問だ。カタギの立場で、社会的には後ろ指をさされかねないところをつきあってくれている。

それがわかっているから、今まで丁重に接してきたつもりだった。ヘタにちょっかいをかけるつもりもない。

しかしここまで言われると、黙って引き下がるわけにはいかなかった。それこそ、ヤクザのメンツもある。

「先生がどうしてもとおっしゃるのなら、おつきあいしますけどね…」

奏を見下ろし、いかにも仕方なさそうに前嶋は言った。

「どういうわけか、相当、たまってるようだしな？　俺も、先生がここまで好きモノだったとは思いもしませんでしたけどね」

あえて皮肉な言葉を返す。

「へぇ…、いいんですか？　といっても、私があなたに満足できるかどうかはわかりませんけどね。こちらの経験はなさそうですし」

——言ってくれる……。

口元に笑みを浮かべて前嶋を眺めた奏に、腹を決めて前嶋はさらりと言った。

「だったら、さっさとすませようか」

多分、ヤクザをなめているのだ、この男は。

ふだん「先生」のことは、本家でも下にも置かない扱いをしているわけで、自分はそれだけの人間だと調子に乗っているのだ。ヤクザの幹部くらい顎《あご》で使える力があるのだと。そういうことだろう。

前嶋は奏の腕をつかむと、なかば引きずるように路地を抜け、大通りでタクシーを拾った。

手近のそこそこ高級なホテルにつけてもらうと、一応、ツインで部屋をとる。

ラブホテルを使うのは、さすがに危なかった。どこにどんな組の息がかかっているかもわからない。

酔っ払った友人を介抱する体《てい》で——実際、その通りとも言えるが——前嶋は部屋に入ると、ベッドの一つに奏の身体を放り出す。

「う…、ん……」

タクシーの中で眠気に襲われていたらしい奏は、視点が定まらないように少しぼんやりとしていた。そのまま寝てしまうのなら、それでもよかった。面倒がなくてありがたい。

が、奏は前嶋を認めると、何がおもしろいのかくすくすと笑い出す。

「ああ…、さすがですね…。組のためなら男も抱けるなんて。もしかして、組長のためなら尻を出すこともできるんですか？」

酔っ払いの戯《ざ》れ言《ごと》だ。前嶋は取り合わなかった。

「で？　やるのか、やらないのか？」

「やりますよ、もちろん」

酒臭い息を大きく吐き出すと、奏はすでに緩みきっていたネクタイをむしるように外し、自分でシャツを脱ぐ。

そんな様子をじっと見つめていた前嶋に気づき、あざ笑うように鼻を鳴らした。

「やっぱり無理ですか？　かまいませんよ、別に……」

投げ出すように言いながら、ようやく脱いだシャツを床へ落とす。

「どうせ男同士のつきあいなんて、やっかいな性癖と欲求を満たすだけですからね…。ノンケの人に期待はしてませんよ。世の中にはどちらもいける器用な男も多いみたいですけど」

わずかにゆがんだ、必死に何かをこらえるような横顔に、前嶋は小さく首をかしげた。

「そのどっちもいける器用な男に振られたわけか？」

奏がハッと顔を上げ、前嶋をきつくにらみつけた。

つまり女を選んだ男と別れ話になった、ということらしい。

「そういえば千住の顧問さんは…、どうしてまたヤクザの組長なんかとつきあう気になったんですかね？　やっぱり金か…、それともよっぽど組長さんはうまいんですか？」

やはり前嶋の言葉が気に障《さわ》ったのか、ことさら皮肉な口調で突っかかってくる。

奏が直接遙と会ったことはなかったはずだし、組長との関係をわざわざ教える人間もいないと思うが、やはり業界的な話題はどこからか耳に入るのだろう。千住に出入りしているうちに察したのかもしれない。奏か、父親の斎木先生の方か。

組長と遙が中学、高校時代の同級生だったということは、前嶋も知っていた。組長が口説きに口説いてようやく落としたということも。

遙としては、それにほだされた、というほど簡単な決断ではなかったはずだ。実際、本家で暮らし始めるまでにはいろいろとあった。一年ほど、海外へ逃亡していたことも。

ディーラーとしても優秀な人で、前嶋が言うのもなんだが、ヤクザなんかに関わらなければ、もっと楽に、幸せな人生が送れたはずだと思う。

なのに、迷いながらもこんな選択をしたのは、結局――。

「惚《ほ》れてるからだろう。わざわざヤクザとつきあうのに、他に理由はないさ」

腹いせか、せいぜい八つ当たりでしかない問いにいちいち答えてやる必要もないが、前嶋はさらりと言った。

無造作に上着を脱ぎ、シャツを脱いで横のソファへ放り投げるとベッドにのり上がる。腕を伸ばしてあえて強引に奏の手首をつかみ、そのままシーツへ押し倒した。

「ケツに欲しいだけなら好きなだけハメてやるよ。もう黙ってろ」

押し殺した声でまっすぐに顔を見下ろすと、奏がわずかに息を呑《の》んだ。

怯えと迷いの入り混じった表情だ。

「やめるか？」

それを見ながら、最後通牒《つうちょう》のように前嶋は尋ねた。

「いいえ…」

強情に答えた奏がゆっくりと腕を伸ばし、前嶋の肩に指をかける。

前嶋は小さくため息をついた。

「悪いが、男は初めてなんでね…。やり方を知らないんで手荒になるかもしれないが、……ま、あんたが慣れてるんならかまわないだろう」

ひどい言い方だとわかっていたが、どうせ失恋の腹いせに利用されているだけなのだ。奏にとっては、相手は誰でもかまわなかった。

「ひどくしてくれていいですよ…。思いきり……ひどくしていいんです。ヤクザならお手のものですよね？」

相変わらず可愛くない、皮肉な言い方をする奏にいらだって、前嶋は奏の顎をつかんで強引に唇を塞《ふさ》ぐ。

前嶋もいいかげんめんどくさくなっていたし、少々、痛い目をみせてやってもいい、というくらいの気持ちだった。

「んっ…、あ……」

奏が息を詰め、肩にかかった指に力がこもる。

前嶋はさらに荒々しく舌をねじこみ、奏の舌を絡めとってきつく吸い上げた。

やわらかい感触がおずおずと応え、鼻に抜ける声が切なげに空気に溶ける。すがるような手が前嶋の背中にすべり、強く引き寄せるようにする。

「ふ…、あ……、あぁっ…、まだ……っ」

しばらく味わってから前嶋はいったん唇を離したが、奏はさらにせがむように頭を掻《か》き抱いてくる。

きつく目は閉じたままで、振られた相手の顔でもまぶたに浮かべているのかもしれない。

——それならそれでいい。

前嶋としても、ちょうど発散できてよかったと思うことにした。

男は初めてだったが、さほど抵抗も感じないのは、やはり組長たちを見ているからだろうか。

組長のようにおおっぴらなのはめずらしいが、業界としては昔から聞かない話でもなく、「男惚れ」を公言する連中も多い。

「お願い……、お願い……もっと…っ」

奏が頬《ほお》を前嶋の肩口にこすりつけ、さらにキスをねだる。目尻から涙がこぼれ、必死に、前嶋の身体にしがみつく。

そんなに好きだったのか……？

涙に濡《ぬ》れた切なげな、苦しげな表情に、ふっと前嶋は目をすがめた。

いつも冷静で冷淡で、前嶋たちを相手にまともな感情を見せたこともない男だったから、初めて生身の姿を見たような気がした。

どんな相手に、この男がそれほど心を許したのか。

前嶋は求められるままキスに応《こた》え、さらに首筋から鎖骨のあたりへと唇をすべらせる。

「ひぁぁ…っ！　あっ…、あぁ……っ」

肌をたどった指が小さな乳首を見つけ出し、わからないままに軽くいじってやると、奏が大きく上体をそらせて反応する。

ここで感じるのか…、と、前嶋はさらに指先で乳首を押しつぶし、きつくひねり上げる。

「あぁっ、あぁぁ…っ、あぁ……っ」

あられもない声を上げて、奏はあえぎ続けた。

その声と、腕の中で乱れる細い身体に、前嶋も次第に身体が熱くなってくるのがわかる。

甘い淫《みだ》らな声と、白い肌が扇情的だった。

硬く尖《とが》って突き出した小さな乳首を眺め、好奇心のようなもので、そっと舌を絡めてやる。

「——ひ…っ、あぁ……ん…っ」

びくん、と震えた奏の身体が艶めかしくよじれた。

ちょっと意地の悪い気持ちになって、さらに甘噛みしてやると、奏は両手でシーツを引きつかんだまま、こらえきれないように身体をのけぞらせる。

「あぁっ、あぁっ、ダメ…ぇ…っ……、それ…っ、やぁ…っ、あぁぁ……っ！」

いったん身体を起こした前嶋は、唾液を絡めて赤く色づいた乳首に指を伸ばし、きつく摘《つま》み上げた。

指で刺激を続けながら、奏がいやらしくあえぐ姿を妙な感動とともにじっと眺める。

すべての仮面を脱ぎ捨てた、淫らで美しい姿だった。

頑《かたく》なに目を閉じたまま、赤い舌が時折、誘うように唇からのぞく。

仕方なく相手をしてやるだけのつもりだったが、前嶋は何か追い立てられるような気持ちで奏の髪をつかみ、再び唇を奪う。

「んっ……んっ……、あぁ……」

奏も夢中になってそれに応えてきた。ずいぶんとキスが好きなようだ。

切羽詰まった表情が一瞬、ふわりとやわらかく、切なく溶ける。

なぜかズキッと胸が痛んだ。

「よかった……、いてくれた……」

ささやくようにこぼれた言葉は、おそらく意識していないものだろう。夢と現実がごっちゃになったような。

まだ愛されている幻想を求めるような。

妙にいらだってしまうのは、今、この身体をよくしてやっているのは自分だ、という意味のないプライドだろうか。

前嶋は奏の下肢に手を伸ばし、下着ごと一気にズボンを引き下ろした。

奏の前はすでに半分頭を持ち上げ、愛撫《あいぶ》をせがむように小さく震えている。

「あぁあっ……、いい…っ、いい……っ」

それを手の中に握りこみ、強弱をつけてこすり上げてやると、奏は快感にむせぶように高い声を上げる。

とろとろと先端から溢《あふ》れ出したものを手のひらに受け、前嶋は手荒くそれを奏の後ろにこすりつける。

指先で窪《くぼ》みを確かめると、ヒクヒクといやらしく収縮し、前嶋の指をくわえこもうとしているようだった。

「なるほど…、慣れているようだな」

鼻を鳴らして小さくつぶやくと、そのまま指を中へ押しこみ、何度も出し入れしてやる。

「あぁっ、あぁぁ……っ…ん…っ」

指が熱い粘膜に絡めとられ、きつく締めつけられる。

前嶋は思わず、息を吐いた。

確かに…、この中に自分のモノを入れたらどれだけ気持ちがいいか…、と想像してしまう。

中をえぐるように動かしてからいったん引き抜き、指を二本に増やしてさらに押し広げる。

「ねぇ…、ねぇ…、早く……っ」

いやらしく上気した顔で、奏がねだってくる。

「早く……中…、来て……っ」

自分から迎え入れるように、両手で膝を持って足を広げてみせる姿に、前嶋は思わず眉をひそめた。

本当に、ふだんからは想像もできない乱れっぷりだ。

それも相手の男に教えられたのだろうか。

いらだちを覚えながらも、前嶋の身体は引きずられるようにどんどんと高ぶっていく。とはいえ、それも男の性《さが》だ。

男相手に勃《た》つのか…？　と少々、不安はあったのだが、まったく問題はなかった。

膝立ちになり、すでに窮屈になっていた前を開くと、硬く反り返した自分のモノが飛び出してくる。

その先端を熱く潤んだ場所に押し当てると、あっという間にヒクつく襞《ひだ》がくわえこもうとうごめく。

たまらず、一気に押し入れた。

「あぁぁぁぁ……っ！」

奏が大きく身体を反り返した。

かまわず、前嶋はその身体を引き寄せ、さらに激しく突き入れる。

「あぁぁ…っ、あ…んっ、あぁっ、あぁぁ…っ、いいっ……いい……！」

タガが外れたように、奏は激しくあえぎ続けた。

前嶋も低くうなりながら何度も奥まで突き立て、中をこすり上げてやる。

根元までずっぽりと埋めると、小刻みに揺するようにして刺激し、思い出して薄い胸で色づく乳首をきつくひねり上げる。

「ひぁっ…！　あぁっ、あぁ…っ」

奏が大きく身体を跳ね上げた。

前嶋は奏の両方の膝裏をつかみ、体重をかけて、浮いた腰をさらに大きく持ち上げるようにした。

上から深くねじこむたび、ぐちゅっ…と粘り着くような濡れた音がこぼれる。奏の中が熱くうごめき、まるで生き物のように前嶋の男をねっとりと押し包む。

そのまま沼に引きずりこまれそうな快感に、前嶋は奏の膝をつかんだまま、突き破る勢いで激しく出し入れした。

「あっ…あっ……、いい…っ、いい……っ！」

両方の指でシーツを引きつかんで奏が身体をよじる。

前嶋が腰を打ちつけるたび、天をついて反り返った奏の前が切なげに揺れて、ポタポタと腹へ蜜が振りまかれる。

こらえきれないように前に伸びた奏の手を、前嶋は邪険に振り払った。代わりに片手でぐっしょりと濡れた奏のモノをこすってやる。

いやらしく蜜を溢れさせる先端を指の腹でもむように刺激すると、高い悲鳴とともに中がきつく締まった。

正直なところ、前嶋は一時、我を忘れていた。

今まで、セックスの最中といえども、どんな相手でもどこか頭の隅に冷めた部分は残っていたはずだったが。

「イク……もうっ…、あぁぁぁぁ……っ！」

痙攣しながら達した瞬間、奏の中がすさまじい勢いで収縮し、こらえきれずに前嶋も放ってい
た。

長く、たっぷりと中へ出し切る。しばらくは酩酊《めいてい》状態で、頭の芯《しん》がジン…と鈍く、温かく濁っ
ていた。

奏の潤んだ瞳がうっすらと開き、前嶋を見つめて瞬いた。

ふぅ…、と息をついて、ようやく引き抜こうとした前嶋の腕を、奏がぎゅっとつかんでくる。

「まだ……、まだ、できますよね……？」

薄く笑った、凄絶《せいぜつ》に色っぽい顔だ。

前嶋は無言のまま、反射的に奏の背中を抱き上げ、髪をつかんで唇を塞ぐ。おたがいにきつく
舌を絡めながら、奏が両手を前嶋の首にまわしてしがみつく。

前嶋の肩につかまったまま、奏は自分からつながったままの腰を上下に動かし始めた。

中へ出したままの前嶋の種が、じゅぷじゅぷと卑猥《ひわい》な音を立てる。

萎《な》えていた前嶋のモノも、熱い中で締めつけられてあっという間に力を取りもどし、ドクドク
と脈打ち始めている。

「あっ、あっ、あっ……あ…んっ、んっ、んっ、あぁぁ……っ」

自分勝手にリズムを刻み、快感を貪《むさぼ》る男に眉を寄せて、前嶋は目の前で揺れる片方の乳首をきつく摘み、もう片方をきつく吸い上げる。

「ひぁぁ……っ」

あせったように奏の身体が大きくよじれ、体勢が崩れたところで、前嶋は自分のペースに引きもどす。

下から激しく突き上げ、さんざんあえがせてから絶頂へ追い上げてやった。

深い息とともにようやく引き抜くと、たっぷりと出したものが奏の後ろから一気に溢れ出す。

奏の身体もぐったりシーツへ沈んだ。

男の精液にまみれたその姿を眺め、前嶋は無意識にタバコをとろうとスーツに手を伸ばす。

が、一本くわえたものの部屋に灰皿は見当たらず、禁煙の部屋だっただろうか、とちょっと眉を寄せた。バタバタと部屋をとったので、そのへんの確認をきちんとしていなかった。

タバコを箱にもどしたところで、ふっと声がかかる。

「もう……終わりですか？」

前嶋が思わず振り返ると、気だるげに上体を持ち上げ、奏が濡れた眼差しで挑戦的に見つめていた。

「おい…、まだやる気か？　まったく、たいしたタマだな…。本家に来る時はずいぶんと取り澄ました顔をしていたようだが、中身は淫乱《いんらん》な女狐《めぎつね》だったたわけだ」

驚いたのが半分、あきれたのが半分で、前嶋はハッ…と吐き出す。

「性癖で仕事をするわけじゃありませんからね。やるべきことはやってますよ。私としては、千住の舎弟頭といってもこの程度かと失望してるんですけど？」

華奢《きゃしゃ》な肩をすくめて言った奏に、前嶋は思わず眉をひそめた。

ふざけるなよ、という気分だ。

「まだ満足できないってわけか…。俺としては先生の仕事に差し障らないように気を遣ったつもりだがな」

「余計な気遣いですね」

あっさりと言い捨てられ、前嶋は無意識に手にしていたタバコの箱を握り潰すようにして放り投げた。

「だったら腰が立たなくなるまでしてやるよ」

そっちがそのつもりなら、とことんまでやってやる。

身体を返し、奏の腕を押さえこんでのしかかる。

「なんでしたら…、あなたのコレ、くわえてあげましょうか…？」

挑発するように前嶋の下肢に手を伸ばし、ねっとりとした眼差しで薄く笑った奏の唇を奪い、全身を貪るように愛撫してやる。

前から後ろから、何度も突き入れ、激しく揺さぶって、立て続けに極めさせる。同時に前嶋も、溺《おぼ》れるように奏の身体を味わった。

「ダメ……まだ……。もっと…、お願い……だから……、離さ…ないで……っ」

どれだけ奪い尽くしても奏はがむしゃらに求め、結局、意識を飛ばすまで、明け方近くまでやりまくった。

このホテルの壁の厚さがどのくらいだかわからないが、両隣に誰かが泊まっていたらとても眠るどころではなかったかもしれない。

意識を失ってぐったりとした奏を見つめ、やってしまったな…、という後悔が今さらに押し寄せる。冷静だったつもりで、うっかりと挑発に乗ってしまった。

だが、すんだことは仕方がない。

どうしようか、と思ったが、このまま放り出して帰るのは、さすがに気が引けた。

とりあえず濡らしたタオルで身体を拭《ぬぐ》い、前嶋がさんざん中へ注ぎこんだものを掻き出してやる。頬に残る涙の痕《あと》にわずかに目をすがめ、奏の身体を抱え上げると、もう一つのベッドへ移してやった。

後先考えずにやりまくった隣のベッドはどろどろで、清掃係の顔をしかめさせるのだろう。

そしてシャワーを浴び、時計を見て少し考えた末、前嶋も奏の横へ身体を横たえた。落ちないように腕を伸ばし、軽く奏の身体を抱き寄せる。

やわらかな体温が腕の中にあることに、少し不思議な気分だった。

適当な女と寝ることはあったが、本当に生理的な処理に過ぎない。いつもならすっきりとした気分で、部屋を出ればすぐに忘れて仕事の頭になる。

が、今は少しばかり離れがたかった。

奏が組の問題になるかもしれない、という、仕事上の危機意識が働いているせいだろうか。

そんな責任と、めんどうだと思いつつもどこか放っておけない庇護欲《ひごよく》を覚えてしまう。

これまでの奏は、つけいる隙がない冷徹さと、過不足のない有能さを見せていただけに、そのギャップに危ういものを感じるのだ。

結局、前嶋は二時間ほど仮眠をとった。本家へもどるにも中途半端な時間だし、さすがに体力も使っていた。

アラームをかけなくとも自然と目を覚まし、腕の中で小さな寝息を立てている奏の存在にしばらくとまどう。

いつの間にか、奏は前嶋に足を絡め、胸に顔を埋《うず》めるようにして眠っていた。

もちろん記憶はしっかりしており、状況はわかっていたが、どこか現実感がない。無防備な寝顔は、いつも本家で見ている冷ややかな税理士の顔とも、ゆうべの自分から男を誘って快感にあえぐ尻軽な顔とも違う。

意外でもあり、おもしろくもあるが、本人としてはちょっとつらいのだろうか。人肌が恋しいのかもしれない。

——抱き枕みたいなもんだな…。

内心で苦笑しつつ、前嶋はそっと奏の腕を外してベッドを下りた。おもむろに帰り支度《じたく》をしているると、その気配にか奏も目を覚ましたようだ。

「まだ、いたんですか……」

「帰るところだ」

ようやく少し、理性がもどってきたらしい。

身体は横たえたまま、ぼんやりと、しかし意外そうにつぶやいた声に、前嶋は短く返す。

朝の六時過ぎだ。この季節、まだ窓の外は薄暗い。

「気はすんだのか？」

きっちりと服を着込んでから振り返って尋ねると、奏がそっと吐息で笑う。

「どうでしょうね…」

短くを息をつき、前嶋はデスクに備え付けのメモ帳に、自分の携帯番号を走り書きした。

「また男が欲しくなったら連絡しろ」

それをベッドに投げる。

「へえ…、あなたがまたつきあってくれるんですか？　意外と男の身体、よかったです？」

奏がシーツを身体に巻きつけたまま、くすくすと自虐的な様子で笑った。

「言ったはずだ。金庫番にふらふらされるとやっかいなんだよ。もしあんたが男あさりをやめない気なら、俺も組長に報告してあんたを切ることを考えなきゃいけない。あんただけを切るか、斎木との契約ごと解消するかは斎木先生と組長の判断になるが」

淡々と通告した前嶋の言葉に、奏が顔色を変えた。

「父に…、報告するつもりですか？」

さすがにそれは困るらしい。あるいは自分のセクシャリティも、家族には打ち明けていないのだろうか。

「あんたがゆうべみたいな男あさりをやめないなら、だ。失恋でしばらくの間、身体を持てあますというのなら、落ち着くまで俺が相手をしてもいい。斎木先生とのつきあいは、千住の先々代からだ。世話にもなってる。俺としても、継続できるものならそうしたい」

「組のため、ですか…」

奏が鼻で笑った。

「なんにしても、今度ゆうべみたいなところを見つけたら最期だと思え」

それだけ言い捨てると、前嶋は部屋を出た。

チェックインした時に、すでに精算はすませてある。

ホテルの前でタクシーを拾い、そのまま本家まで帰ると、部屋住みの若いのがようやく朝日が照らし始めた中、本家のまわりの掃除を始めていた。

前嶋の姿を認め、「おはようっおっす！」と大声で挨拶《あいさつ》してから、ちょっと首をかしげた。

「お疲れ様っす。朝帰りっすか？　めずらしいっすねー」

おそらく他意はないのだろう。というか、仕事なんだろう、という前提での軽口らしく、愛《あい》嬌《きょう》のある顔でニカッと笑った顔が、突然、何かに気づいたように、あっ、と固まった。

「なんだ？」

うん？　と振り返って何気なく尋ねた前嶋に、若いのがあわてたように視線をそらせた。

「あの…、いえ、なんでも」

「なんだ？」

もう一度、今度は少しばかりすごみをきかせて繰り返すと、ようやくおずおずと口を開いた。

「えっと…、首のあたり、ひっかき傷みたいのができてますよ…？」

「ひっかき傷…？」

あ、と思い出して首に手をやる。

見えなかったが、そういえば奏が必死にしがみついていたから、その時のだろう。

「あっ、ね、ネコですねっ、多分っ」

ヘンなところで気をきかせ、若いのがあせった様子で声をうわずらせる。

前嶋は思わずため息をついた。

「ああ…、タチの悪いネコだったたな」

◇　　◇

……どうしてあの男と……。

ホテルに残された奏は、前嶋が部屋を出たあと、しばらく放心状態だった。

それでもようやく、じわじわと前夜の醜態が脳裏《のうり》によみがえってくる。

まったくよりにもよって、だ。あんなところで見つかったのが運が悪かった、といえば、それまでだが。

酔っていたのだ。泥酔だった。それは事実だった。

昨日、奏は学生時代からつきあっていた男と別れた。早坂基弘《はやさかもとひろ》という学部は違ったが同じ大学の同期で、民事の弁護士をしている男だ。

恋人——だと思っていた。

おたがいの立場もあって、ともに性的な指向を家族やまわりの人間に打ち明けられずにいただけに、自分たちの絆《きずな》は強かった。……と思っていたのは、結局、奏の方だけだったけれど。

『おまえの家、ヤクザの金庫番なんかやってるんだろう？　これ以上、おまえとつきあってて、妙なとばっちりを受けるのはまずいんだ。わかるだろ？　俺の立場。弁護士なんだからさ。このへんでケリをつけようぜ』

そんな言葉で別れ話を切り出された。だがそれが言い訳に過ぎないことはうすうす感じていた。

つきあいは八年くらいにもなるが、同性にしか気持ちが向かない奏と違い、早坂は女も相手にできるようだった。何度か浮気をされたこともある。

しかしいつも、奏のところへもどってきた。

『やっぱりおまえしかいないんだよ…。俺のことを本当にわかってくれるのはおまえだけだ。親友と恋人と、両方の存在だもんな』

しおらしく、そう言って。

だが早坂が奏と別れなかったのは、金のためだったのだろう。大学を卒業後、父親の税理士事務所で働きながら資格を取った奏は、基本的に金に困ることはなかった。しかし早坂は、司法試験に受かるまでには何年もかかったし、なんとか今の事務所にすべりこむまでにも時間はかかった。ようやく安定したのは、ここ一年くらいだ。

つきあっている間、早坂は司法試験の勉強でバイトをする時間などなく、五万、十万と奏は何度も細かい金を貸していた。生活費などはほとんど奏が払っていたと言ってもいい。

奏は自宅暮らしだったため、早坂のマンションに入り浸っており、それも当然だと受け止めていた。

が、結局、用なしになったタイミングで捨てられた、というわけだ。

早坂のマンションにおいていた奏の私物が無造作に段ボールにまとめられ、突き返されて、もう男にもどってくるつもりはないのだと悟った。

裏切られた怒りと痛みを一瞬でも忘れたくて、とにかく酒に逃げた。

心のどこかでは気づいていたはずだった。早坂にとって自分は、金と身体を提供する都合のいいだけの相手なのだと。

それでも……ずっと、見ないふりをしていたのだ。

ようやく同性にしか気持ちが向かないのだと自覚し、自分を押し殺してきた高校時代を過ぎて、初めてつきあった男で、初めて身体を合わせた男でもあった。

『え？　別にいいじゃん。俺も、男好きだよ』

そんなふうに屈託なく笑い飛ばした早坂が、自由でまぶしく見えた。

他にやりたかったものがあるわけではないが、税理士という仕事も家業であり、奏がことさら望んだわけではなかった。あたりまえのように、その道が目の前に示されていたのだ。

そんなしがらみがまったくなく、アグレッシブに自分の望むまま手を伸ばしていく早坂を見ているのは楽しかったし、……好きだった。

多分、踏み台にされたことよりも、これまでの自分の存在をなかったことみたいにすまそうとする早坂の態度が、何よりもショックだったのだ。

奏の家がヤクザの金庫番をやっていることなど、つきあう前から知っていたことだ。

とはいえ、確かに今の早坂の立場で、恋人がヤクザと取引があるなどというのがまずいことも事実なのだろう。

のろのろとベッドに上体を起こし、奏は長い息を吐いた。

と、ベッドの隅に前嶋の残したメモが目に入り、何気なく手を伸ばして拾い上げる。

本家の電話番号とは違う、個人のもののようだ。

ぼんやりとそれを見ながら、気だるく乱れた前髪を掻き上げる。それだけの動作でも、ギシギシと身体が痛んだ。

ゆうべはムキになって前嶋に絡んだことは覚えている。まともに思い出したら恥ずかしいばかりの言動だった。ふだんなら、絶対に口にしないような。ただゆうべは、自分が消えてなくなってしまうくらいひどくしてほしかった。

やはり怒らせたのだろう。理性も感情も吹っ飛ぶくらい、体中、頭の中まで空っぽになるくらい何度も抱かれた。

何も考えられず、ただ温かい腕の中で安心して眠りに落ちたことだけを覚えている。

……多分、それだけが望みだったのだ。

だとすれば、いい相手を選んだことになる。

前嶋にしてみれば、災難でしかなかっただろうけれど。

幸い、なのか、奏がこの先、品行方正にしていれば、父に告げ口するつもりはないらしい。

千住にとって斎木は必要な存在だし、斎木の家にしても千住からの顧問料は収入の半分以上を占める。

ヤクザの金庫番をすることに、奏自身は諸手《もろて》を挙げて賛成しているわけではない。できれば縁を切るべきだ、と思っているのだが、そうすると事務所が立ちゆかないこともわかっている。

なにより祖父の代からのつきあいであり、父も千住の先代や今の組長とも懇意な間柄なのだ。今の組長を子供の時分から知っており、信じられないことに、人間としても結構気に入っている、というあたりが問題なのだろう。仕事上のつきあい、と割り切っているわけでなく、実際に気心の知れた友人か、そう、甥《おい》っ子か何かみたいに親しみを覚えている。

それだけに、千住との関係をこちらから切るのは難しかった。奏に独り立ちしてやっていけるほどの実績はなく、今、「先生」ともてはやされているのも、父の事務所にいるからだと自覚している。

今まで通り。なかったことにして、普通に仕事だけ続ければいい。

前嶋にしても、わざわざ蒸し返すことはないだろう。

早坂のことを忘れるのにどのくらい時間がかかるかわからなかったが、前嶋の手をわずらわせる必要はない。

二十歳の頃から早坂とつきあい始めたので、奏はいわゆるハッテン場などとは縁がなかった。セックスも…、体位やフェラも、すべて早坂から教えてもらった。

そういう男たちが集まるバーなども、一、二度連れていってもらったくらいで、ほとんど馴染みはない。

そのためどうやって男を誘っていいかもわからず、ゆうべは飲んだ勢いで道行く男を引っかけたらしい。

確かに、前嶋からしたら危なっかしくて見ていられなかったのだろう。

だが、ゆうべだけだ。もう二度とない。

奏はぐしゃっ、と手の中でメモを握り潰した——。

それからしばらく、仕事で千住の名前を見るたびに奏は落ち着かない気分だったが、特に前嶋から何かを言ってくるようなことはなく、奏の方も千住へ行く用事もないままに二週間ほどが過ぎていた。

前嶋にとってはさして気にするほどの出来事でもなかったのだろうと、ほっとしたような、少しばかり悔しいような気持ちを持てあます。

すべてを失った絶望感は次第に薄れ、早坂とのことも、誰にでもある一つの恋だったと思えるようになっていた。

やはりヤクザというのは、それだけ人の気持ちを食い荒らすのかもしれない。

早坂のことを忘れてしまえたわけではないが、気を失うほど前嶋に抱かれたせいか、むしろあの夜のことを無意識に思い出してしまう。

激しいキスや、つかまれた手の力や、……中へ入ってきた大きさや強さ。熱。

意識するだけで、ざわっと肌が震える。

おかげであれ以来、前嶋の言う「男あさり」に夜の街へ出かける気分でもなくなっていた。

まさか監視されているわけではないと思うが、新しい恋人を探すのも、しばらくは控えた方がいいのだろう。

正直なところ、新しい出会いなど、どこで求めたらいいのかもわからなかったけれど。

「ああ…、奏。悪いが、今度の定例の懇親会、おまえが代わりに出てもらえないか？　その日はどうしても外せない用があってね」

そんなある日、思い出したように父に言われた。

「懇親会ですか…」

奏はちょっと躊躇してしまう。

もしかするといい出会いがあるのかもしれないが、しかし仕事の場でそういう相手を探すわけにはいかず、パーティーのような集まりも得意ではない。

「おまえもそろそろ顧客とのつきあい方を覚えていい頃だからな」

しかしそう言われると、奏としても事務所を背負っていくしかなかった。

斎木税理士事務所は、大手、準大手と言われるような大きな事務所ではないが、数人の税理士、会計士を抱える独立系の老舗であり、古くからの優良な顧客も多い。とはいえ、新規の顧客開拓は必須の課題だった。実際にそういう場での顔合わせが、のちのちの仕事につながっていくのだ。

だがいそがしさに取り紛れる中、ようやく前日になってパーティーの概要をチェックすると、どうやら異業種交流会のような集まりらしい。しかも、企業のトップや重役クラスが集まる招待制のかなりハイソな部類のようだ。他には、弁護士、税理士、コンサルタント業、建築家や広告代理店、デザイン関係といったところで、会場のキャパシティからみてもかなり大きな集まりだった。

出席予定の会社名がずらりと一覧でついており、斜めに見ていた奏の目にふっと、早坂の勤め先である大手弁護士事務所の名前が飛びこんできた。

思わず息を呑む。

早坂が来ている可能性は十分にあった。こんな派手な催しが好きな男だ。とはいえ、大手の事務所だけに諸先輩方も多いはずで、早坂が出席する立場かどうかはわからない。

かすかな不安を抱えながら赴いた奏だったが、立食形式のホテルの会場は広く、出席者も多く、この分なら来ていてもわからないな…、とちょっと安心した。

受付で名刺を出し、名札を受け取る。名札をつけていれば招待された当人であり、それ以外は連れということになるらしい。

食事もそこそこにクライアントや顔見知りの相手と挨拶を交わし、そのつてでさらに何人かに紹介され、名刺を交換して談笑した。

「ああ…、斎木先生のところの若先生ですか。まだお若いのに優秀だそうですね。先生の助言で融資がうまくいったと、トミノの社長がえらく褒《ほ》めてましたよ。助成金まで見つけてもらったとかで。一度ぜひ、我が社の方へも足を運んでいただけますかな。……そういえば先生は、ご結婚はまだですか？」

軽い仕事の話や、共通の知人の話から、そして最後にはだいたいプライベートな結婚の話に行き着く。

まだ考えておりませんから、と笑って答えるのだが、この集まりだとやはり年配の人間が多く、二、三十代の若い男は少ない。それだけにある程度のステイタスがあるのは前提で、娘や孫娘の相手を慎重に探しているようだ。

ちらほらと見える若い女性は、すでに自身で起業しているやり手の女社長か、営業か広報のキャリアウーマン、もしくは社長のお供でついてきた秘書か社長令嬢か、というところだ。その区別は、服装や髪型ですぐにわかる。そして同様に、仕事ついでにしても、やはり混じっている若い男にはチェックが行くようだ。

年が近いと話しやすいし、うまく新規の顧客を開拓できるチャンスかもしれないが、うかつに色仕掛けまがいのことをしても、あるいはされても、奏ではそれ以上、進みようはない。

と、挨拶巡りも一段落がついて小腹が空《す》いたのを感じ、奏は壁際のビュッフェの方へ近づいた。

この手の集まりだと食事は適当になりがちだが、さすがに出席者のレベルが高いとそれなりのものが提供されている。

「あの、斎木先生でいらっしゃいますか？」

寿司を一つ、二つ摘んだところでいきなり背中から声をかけられ、奏はあわててお茶を飲んで振り返った。

「あの…、はい。ええと…？」

立っていたのは見知らぬ女性だ。奏よりも五歳くらい年上だろうか。三十代前半といったところで、明るめのスーツを着たなかなかの美人だった。

見た瞬間、個人で起業している社長かな、と判断する。会社勤めにしては華やかな装いだし、いかにも自信ありげで押し出しが強そうな様子だ。素早く確認すると、名札もきちんとつけている。アパレル関係らしい。

「突然申し訳ありません。私、池谷《いけたに》と申します。先生に少しお時間をいただけたらと思いまして」

「あ…、はい、もちろん」

とっさに笑顔を作り、とりあえず名刺を交換した。このところ大きく伸びてきているブランドで、奏も名前は聞いたことがある。

「実は、先生にご相談に乗っていただきたいことが……」

話し始めた時、ふいに背中から男の声が響いてきた。

「――池谷社長！　ここにいらしたんですか」

聞き覚えのある声に、奏はドキッとする。

そして次の瞬間、男が女性の横に並び、ふっと牽制《けんせい》するみたいにこちらを振り返った。

話していた相手が奏とは思っていなかったのだろう。男が驚愕《きょうがく》に目を見開く。

「おまえ…、奏……」

「基弘……」

さすがに奏も言葉を失った。

予想していなかったわけではないが、やはり突然だった。

甘めの容姿の、快活でさわやかな好青年といった雰囲気の男だ。高校時代はサッカーをやっていたらしく、体格もいい。

もちろん弁護士になったくらいだから頭もよく、常に人の輪の中心にいるような男だった。いろんなことを自分で仕切って、まわりを巻きこむのが得意で。自信家で、少し見栄っ張りなところもあって、何かあると陰でこっそりと奏に頼ってくることも多かった。金だったり、レポートだったり、社会人になってからは呼び出されて車で送迎したこともある。

頼られていることがうれしかったし、他人には見せないそんな弱みを自分の前でだけさらす早坂が可愛く、愛しく思えていた。

たった二週間だが、ずいぶんと会っていなかったような感覚だった。

「あら、早坂くん。知り合いだったの？　だったら紹介してもらったらよかったわ。私、不作法に突撃しちゃって」

女社長がころころと笑って二人を見比べる。

「あ…、え、ええ、ちょっと…。その、大学時代の同窓なんですよ」

いくぶん引きつった顔で、早坂がいそいで説明した。

「へえ…、世間は狭いわね。うちの役員報酬についてご相談できる人を探していたんだけど、知り合いの社長さんから斎木先生を推薦されたものだから。とても優秀な方だって」

「それは…、どうも」

まだ少し混乱したまま、奏は曖昧《あいまい》に微笑む。

と、彼女の持っていたハンドバッグの中から、くぐもった着信音が聞こえた。

「あら…、ごめんなさい。――斎木先生、今度ご連絡させていただいてよろしいかしら？」

「ええ、もちろんです。お待ちしています」

営業用の笑顔で黙礼すると、ではまた、と社長はバッグを開きながら急いで廊下の方へと消えていった。

ハァ…、と早坂が横で長い息をついた。そしていきなり、奏の腕をつかむ。

「おまえ…、彼女に余計なことは言うなよ…！」

小声で脅すように言って、奏をにらみつけた。

「余計なことって……」

奏は意味もわからず繰り返してから、ああ…、とようやく察する。

つまり、自分たちの関係を、だ。

「そんなこと…、いちいち言ってまわる趣味はないよ」

男の手を振り払い、奏はあえて冷静に言った。

「どうだか…。振られた腹いせに俺の邪魔をしにきたんじゃないのか?」

じろじろと胡散臭《うさんくさ》そうに奏を眺めた早坂に、奏は思わず息を呑んだ。

「そんな……」

一方的に別れを切り出された上に、そんなことまで言われる筋合いはない。

八年もつきあってきた男に、そんなふうに思われること自体がショックだった。

「ここへは父の代理で来ただけだから」

無意識に拳《こぶし》を握り、奏は必死に言葉を押し出した。

「おまえ、こんな集まりは好きじゃなかったくせに。それとも…、俺が来ると思って、未練がましくよりをもどそうとでも思ったのか?」

「別にそんなことは考えてない」

せせら笑うように言われて、奏はとっさに早坂から顔を背け、震えそうな声を抑えて吐き出す。

——未練、などはない。男にとって自分が必要なければ、身を引くことはできる。

ただ、自分たちがつきあっていた八年という時間はいったい何だったのか…、と聞きたかった。

「おまえとはもう終わったんだ。俺の目の前をうろちょろされると迷惑なんだよ」

冷たい言葉が心臓をえぐるようだった。知らず唇が震えてくる。

こんな…、身勝手な男だったのかと愕然とした。一歩引いて、初めてこの男のことが見えた気がした。

早坂にとって、自分とのことは恋愛ではなかったのだ。

愛されていたわけではなかった。ただ、好きに利用できる相手だったにすぎない。

情けなくみじめな思いが喉元から突き上げてくる。今すぐここから逃げ出したいくらいだった。

「……ま、おまえはカラダも感度もいいからな。すぐに次の男は見つかるさ」

気安く奏の肩をたたき、耳元で笑うように言った男の声に、いきなり別の男の声が重なった。

「ずいぶんと品がないな。こんな場所に来る人間にしては」

ハッと上がった視線の先にいたのは、――前嶋だ。

ダークブルーのきっちりとした仕立てのスーツで、髪も撫でつけ、とてもヤクザには見えない。が、商売人の貫禄というよりも、もっと直接的な命のやりとりしてきた静かな迫力がある。

「なっ…、だ、誰だ、おまえはっ？　奏の連れか？」

あせったように早坂が声をうわずらせる。

「前嶋さん…!?」

驚いて、奏は思わず声を上げていた。

「……なんだ、早くも新しい男をくわえこんでるみたいだな」

ようやく余裕を取りもどしたのか、早坂が薄笑いを浮かべて言った。

「この人は…、そうじゃありません」

奏はとっさに否定したが、微妙に語尾が弱くなったのは、弾みとはいえ、身体の関係ができてしまっていたからだろう。

前嶋が冷ややかに値踏みするような眼差しを早坂に向ける。

「これが昔の男か？　趣味が悪いな」

「なんだと、きさま……！」

冷笑するように言った前嶋に、早坂が我を忘れて嚙みつくような声を上げた。

早坂にしても、前嶋がまさかヤクザだとは思っていないのだろう。

しかしまわりから向けられた怪訝《けげん》な眼差しに、なんとか強ばった笑みを作った。

「ハッ…、感謝してほしいね。こいつのカラダ、エロいだろ？　全部、俺が仕込んでやったんだぜ。取り澄ました顔して、ベッドの中じゃすげぇ淫乱なの。言えば何でもやってくれるよ？　フェラでも騎乗位でも。えぐいオモチャ使うのも好きだし…、ああ、そうだ。意外と縛られるのも好きみたいだしな？」

前嶋の肩口でささやくように言う。

そして意味ありげな視線が向けられ、奏は震える唇を必死に噛みしめた。涙がにじんでくる。息が苦しく、過呼吸を起こしそうだった。

全部…、この男に求められたからだった。恋人ならそんなプレイも刺激になっていい、と言われて、確かに奏も強くは拒絶しなかった。二人だけの、特別な関係に思えた。

「そうだな。イイ身体だ。寝顔も可愛い。……手放す気が知れないな」

しかしさらりと返した前嶋の言葉に、奏は思わず目を見張った。カッと頬が熱くなる。

……いや、早坂の皮肉に対する応酬でしかないのだろうけど。

ふん、と早坂が鼻を鳴らす。

「ああ、遊ぶにはいい相手だよ。代わりはいくらでもいる」

腹いせのように言い捨てると、前嶋をにらんでから背中を向けて去って行った。

どうやらさっきの池谷社長を追いかけていったらしい。

「あんた、金勘定はうまくても男を見る目はないようだな」

淡々と前嶋が指摘した。

「甘え上手《じょうず》で優しい人だと……、思ってたんですけどね」

視線を落とし、奏は小さくつぶやく。

胸が潰れるようだった。

八年間——結局自分も、早坂の姿をきちんと見ていなかったのかもしれない。自分の作り上げた恋人像を追いかけていただけだろうか。

「彼しか知りませんでしたから。……ああ、今は彼とあなたですね」

妙におかしくなって、ひっそりと笑う。

自分の性癖とか、ベッドでのプレイとか。

思いきり引かれていても不思議ではなかったが、ただもう、前嶋に隠すことは何もない気楽さがあった。

「でもどうしてあなたが…？　どうやって潜りこんだんですか？」

今さらに前嶋を見上げて尋ねる。

「人聞きが悪い。知り合いの社長の付き添いで来ただけだ」

「フロント企業の社長さんでも来てるんですか？」

皮肉な調子で言った奏に、前嶋は肩をすくめただけで受け流した。

ふぅ…、と奏は長い息を吐く。

「あの人に振られた時…、ヤクザの金庫番なんかやってる男とつきあってとばっちりを受けたくない、って言われたんですよね」

「千住のせいだと？」

前嶋がわずかに眉を上げる。

「ええ。ですから…、責任、とってもらえますか？」

「責任？」

怪訝そうに繰り返した前嶋をまっすぐに見て、奏は言った。

「抱いてくれますか？　今から」

◇

◇

二月に入り、千住の本家は翌月の十三回忌法要に向けての準備が本格化し始めていた。

本家で営まれるだけに、細部に渡るまでの気配りが必要になる。建物の補修や掃除はもちろん、坊さんや会食の手配に、祭壇や座布団の準備。一階を祭場や控え室、ＶＩＰ用の部屋などに割り振り、それぞれに調《ととの》える。

若頭の狩屋と相談しつつ、家の中の支度はすべて前嶋の采配になるのだ。毎日、次から次へとやるべきことのリストが増える。

そんな中だったが、週に一度の割合で前嶋は奏と会うようになっていた。おたがいに個人の家がないので、都内のホテルで、だ。

要するに、セフレのような関係だった。

確かにあの日、落ち着くまで相手をしてやってもいい、と前嶋は言ったが、本当にそうなるとは思っていなかった。奏の方にもそんなつもりはなかったはずだ。

最初に街で捕まえた時、あんな言い方で脅しをかけたものの、四六時中見張っているわけにはいかない。が、しばらくは気にかけておいた方がいいだろうと、繁華街でシノギをしている連中にはちらっと話をしておいた。もし見かけたら知らせてくれ、と。

だが特に引っかかってくることもなく、奏も懲りておとなしくしているのだろうと思っていた。

――あのパーティーで顔を合わせるまでは。

昔の男と会ったことで動揺したのか、感情が高ぶってしまったのか。あるいは単に、身体が疼いたということなのか。

奏の安い挑発に乗ってやる形で、会場からそのままホテルに行って部屋をとった。

そして、「週一くらいでつきあってもらえれば、私も遊び相手を探す必要はないんですけどね？」という、あの日の前嶋の脅しを逆手に取ったような奏の言葉に、前嶋も有言実行を強いられたわけだ。

ひどく危なっかしく見えたが、別に保護者ではない。普通の恋人にまでとやかく口を出すつもりはなく、次の決まった男ができるまでだな、と思っていたのだが、週に一度の逢瀬《おうせ》が特にめんどうでもなく、意外と心待ちにしている自分に気づいていた。

わざわざ男を相手にする必要はないはずだが、存外、ケツにハメるのがよかったのか、それとも……奏のカラダがいいのか。

早坂といったか、あの男にいらついたのは確かだった。

偶然を装っていたが、あのパーティーに顔を出したのは奏を見張るためだ。数日前に父親の斎木先生と何かの用で会った時、息子に少しずつ仕事を任せていこうかと思っている、というような話の流れになっていた。その時に「あさってもパーティーがあるんですが、息子に行かせようと思うんですよ。いい具合にもまれてくるといいんですがね」と、笑いながら言っていたのを聞き、まあ、ちょっと様子を確かめてこよう、というくらいの気持ちだった。

あれから半月のタイミングで、しばらく我慢をしていても、そろそろ身体が淋《さび》しくなる頃合いかもしれない。うっかりまたハメを外してしまうかもしれないし、異業種交流会であれは新しい出会いの場とも言える。新しい恋人を見つけるのであればまだしも、一夜の相手を引っかけるのはまずい。

前嶋が潜りこめたくらいだから、他にも裏社会の人間が混じっていて不思議ではないのだ。何もなければ声をかけるつもりはなかったが、あの男が現れて明らかに様子が変わっていた。近くでうかがっていれば、昔の男だというのはすぐに察しがつく。見てくれはよく、頭もよさそうだが、その頭は、いかに自分がうまくのし上がっていけるかだけを考えているようだった。獲物を狙ってすり寄り、たっぷりと蜜《みつ》を吸い上げて、底が見えたらまた次へ移る。

何もかもが初めてだった奏などは、懐柔するのに苦労はなかっただろう。長い間、都合よく使われていたわけだ。

家業としてヤクザとのつきあいはあったが、奏は本質的には温室育ちの優等生なのだ。

ただ確かに、身体はエロい。奏自身に、他の人間と比べてどうかという自覚があるのかはわからないが。

そしてそれがすべてあの男に開発されたのか…、と思うと、ひどく腹立たしい。

その分、手荒に抱くこともあったし、奏の方もすでに前嶋相手に羞恥《しゅうち》も何もないのかもしれない。

二人で会って、ほとんどやるだけだった。おたがいに快感を貪り合う。

それでも回を重ねると、肌とともにだんだんと気心も知れてくる。

身体が疲れ果てると、少しばかりきわどいピロートーク。

「意外と前嶋さんも、男の身体を楽しんでるんじゃないですか？」

「俺のムスコは節度あるいい子だったんだがな…。アバズレに籠絡されて闇落ちした気分だよ」

そんな辛辣《しんらつ》な言葉にも、奏は喉で笑った。

「前嶋さん、うまいですよね…。まあ私は比べる対象が一人しかありませんけど」

「本気になるなよ」

「ヤクザは嫌いですから」

「それについて今さら議論をする気はないな」

そんな明け透けな会話も、ちょっと楽しかった。

おたがいに気を遣わず、隠すこともない。

腕の中で乱れる身体は快楽に弱くて、素直で、そのくせ意地っ張りでもある。自分からねだってくるくせに、前嶋が仕掛けると抵抗してみせる。ほとんど媚態にしか見えないが。

眠りに落ちる表情はあどけなくて、無防備で。突き放すこともできないまま、つい抱き寄せて、腕を枕に貸してやることも多い。

奏の気持ちも落ち着いてきているようで、前嶋も安心するとともに、早坂のことを少しばかり調べてみた。念のため、ということだ。

どうやら大手の弁護士事務所に籍を置く弁護士らしいが、その中ではまだ新人といってもいい。先輩弁護士の補佐が主で、まだ目立った実績はないようだった。だが生活ぶりはかなり派手で、外ではことさら自分を大きく見せたがっている。クラブなどでは、ちょっと関わっただけの裁判を、まるで自分が主任弁護士か何かのように吹聴《ふいちょう》していた。

そして、そんな嘘《うそ》を真実に見せるためには金がかかる。金にはかなり困っているらしく、あちこちで借金があった。中にはヤクザの息がかかっている業者もあり、返済が滞るようだとちょっと危ない。

それは自分でもわかっているだけに、どうやら新しいターゲットをこの間、奏がパーティーで声をかけられていた女社長に定めたようだ。取り入って、顧問弁護士にでも収まり、男女の関係にまで持っていく。うまくいけば、結婚にまで持ちこめるかもしれない。

そんな狙いがあったために、いきなり現れた奏にあせって、必要以上に攻撃的になっていたのだろう。

まあ実際、奏に余計なことをしゃべられたら終わりなのだ。意図的にせよ、そうでないにせよ。

だがこれで、あの男がターゲットを変えるのか、奏を遠ざけつつ女社長の取りこみにかかるのか、だが、まあ、前嶋にとってはどうでもよかった。

これ以上、奏に近づかなければいい。

……もちろん、組の危機管理としての問題だった。

◇　　◇

三月に入り、桜の開花の話題がちらほらと耳に届き始めていた。

税理士としては決算月であり、目がまわるくらいにいそがしい。

そのためしばらく続いていた週に一度の前嶋との密会も、ここ二週間ほどはパスしていた。前嶋の方も先代の十三回忌法要が近づいて、本家が相当慌ただしくなっているらしく、ちょうどよかったのかもしれない。

そう、ちょうどよかったのだ。

なんとなくずるずると前嶋との関係が続いていて…、どうやって切り上げたらいいのかわからなくなっていた。

あの男の腕の温《ぬく》もりが優しくて、強く抱きしめられる腕の強さに安心して。おたがいに好きなことを言い合って、笑って。恥ずかしくあえぐ瞬間も、追い上げられ解放される瞬間も。前嶋との時間のすべてが心地よかった。

……ヤクザ、なのに。

「どうした、奏？　このところ、ずいぶんと機嫌がいいようだな。仕事も早くなったし」

父親にそんなふうに言われ、事務所の他のスタッフにも、

「奏さん、なんか明るくなりましたよねー。仕事が落ち着いたら、今度みんなで飲みにいきませんか？」

とか聞かれると、ちょっととまどってしまう。

これまでは事務所のスタッフにさえも壁を作っていたのかもしれない。

だがそれだけに、まずいな…、と思う。

結局のところ、前嶋は組のために自分の相手をしてくれているに過ぎないのだ。深入りしてはダメだ。

そう自分に言い聞かせる。

——代わりはいくらでもいる。

早坂に言われたその言葉が胸に刺さっていた。

そういうことなのだ。税理士の仕事にしても、自分がいなくてもまわっていく。身体の相手に

しても……、自分自身が求められることはないのだ。

少し距離を置こう、と思った。

いつか新しい相手も見つかるだろうし、前嶋とはもとの、仕事だけの関係にもどればいい。

……まだもどれるうちに。

法人はまだこれからだが、とりあえず個人の確定申告は終わり、ようやくほっと一息ついたタイミングを見計らったように、千住組先代の十三回忌法要が執り行われた。

この手のヤクザの義理事は、大がかりなものだと香典だけで数百万、数千万単位の金が飛び交う。しかも、現金で、だ。

その集計に、当日は奏が本家へ呼ばれていた。要するに計算だけなので、父が行くほどのことはない。

正面の門前には警官隊が立ち並ぶものものしい状態で、奏も初めての経験に緊張する。

とはいえ、奏は裏口から入って、案内されるままに二階の一室へと通された。

いつもはだだっ広く感じる本家の中も、今日はみっしりと黒いスーツに埋め尽くされて、さすがに息を呑んだ。しかもどの男もかなりの強面《こわもて》だ。

と、いくぶん緊張した横顔の優男とすれ違い、ハッと奏は足を止めて振り返ってしまった。

とてもヤクザには見えない、スレンダーな体格と優しげな容姿の男は、おそらく朝木遙だ。

組長の、愛人。

しっかりと喪服だった。

法要に出るのか。身内の扱いなのだろうか。

そんなことを考えてしまう。

見る限り、本当に普通の人だった。

すっきりと端整な顔立ちで、聞くところによると、トレーダーとしてかなり優秀らしい。そちらの財務は見ていなかったが、収入は安定している——どころか、相当に稼いでいるようだ。

いろいろな資格を持ち、収入もあり、一人で生きていけるはずなのに、どうしてヤクザの組長なんかと…、と思わずにいられない。

『惚れてるからだろう。わざわざヤクザとつきあうのに、他に理由はないさ』

前嶋の言葉が耳によみがえる。

惚れている。……ただそれだけ、なのか……？

ドクッ…と胸の奥で何かが揺れる。

と、よそ見をしていたせいか、階段の方へ曲がったとたん、いきなり目の前に前嶋が現れて、奏はあせって声を出しそうになった。

「ああ、奏……先生。ご足労をおかけします」

前嶋の方は落ち着いた様子だったが、二人だけの時は呼び捨てにしていたので、少し調子が狂ったらしい。

それでもいつも通り――本家で会う時は、だ――きっちりと頭を下げる。

どうも、とだけ、奏は眼鏡のブリッジを指で押し上げながら、口の中で小さくつぶやく。まともに顔が見られなかった。

それでもさすがに今日は前嶋もいそがしいらしく、余計なことを話す余裕もなく、奏は二階の一室で見張り（だろう）若い男に手伝ってもらいながら、粛々と仕事を進めた。

手早く万札を数え、さらに数え直してから、誰からどれだけ、という数字を帳簿につけていく。

香典のはずだが、一般家庭ではとてもお目にかかれないような金額が次々と繰り出され、まったくヤクザってやつは…、と思わずため息をついてしまう。

どのくらいたった頃か、階下からはとうとう坊さんの読経《どきょう》が聞こえてくる。一定のリズムで延々と続く声にトランス状態に陥りそうになり、奏はいったんトイレに立った。

「奏」

と、洗面所のドアを開けようとしたところで後ろから覚えのある声で呼ばれ、奏はビクッと背中を震わせた。

前嶋だ。ちょうど階段を上がってきたらしい。

そっと息を吸いこんで、奏は何気ない様子で振り返った。

「お疲れ様です」

「ああ、おまえもご苦労だな。このところメールがなかったが、いそがしいのか？」

さらりと尋ねてくる。

会う時はいつも、奏の方からメールを入れていたのだ。何時にどこどこのホテルで、と短いビジネス文章みたいに。

「ええ。あなたもでしょう?」

「まあな。だがようやくこれで、一段落ついた」

息を詰めるようにして答えた奏に、前嶋は大きく息を吐き出してあっさりと言った。

奏は一瞬、とまどった。誘われているんだろうか…? と思ってしまう。

「そうですか…。私はまだしばらく…、これから法人の決算ですから」

「そうか」

無意識に視線をそらし、それでもなんとか言葉を押し出すと、特に疑う様子もなく、わずかに渋い顔で前嶋が顎を撫でる。

「どうしたんですか? まるで…、私が欲しいみたいですよ?」

奏は喉で笑うように言った。

ちょっとした冗談のつもりだった。……自虐的な、冗談だ。

バカをいえ、と軽くいなされるか、あるいは、ああ、おまえのケツは恋しかったな、くらいの皮肉な反撃はあるかと思った。

しかし前嶋の反応は、予想していたものとは違っていた。

一瞬、黙りこんだかと思うと、ハッ…と鼻を鳴らす。

「いそがしかったせいで、ちょっとたまっているだけだ。ちょうどいいかと思ったが」

冷たく突き放すようなトーンに、奏は思わず身体が強ばる。

「別に…、おまえじゃないと困るわけじゃないからな」

頭を掻きながらあっさりと言われて、奏は無意識に拳をきつく握っていた。

わかっていたはずだった。前嶋にとってはその程度の存在でしかない。

別に、何かを期待していたわけではない。

それでも急激に、まぶたが焼けるように熱くなる。

息が苦しくて、骨が軋むように胸が痛い。

これほど自分が依存していたのだと、初めて思い知らされた気がした。

「そうですよね」

まぶたを閉じたら涙が溢れそうで、奏は必死に目を見開いたままぎこちなく微笑んだ。

「では、また」

ようやくそれだけ言うと、洗面所へ入り背中でドアを閉める。後ろ手で鍵をかけた瞬間、ぶわっと何かが弾けたように涙が溢れ出した。

それでも必死に唇を噛み、声を殺す。声を出すわけにはいかなかった。

とっさにレバーを引いて水を流すと、両手で顔を覆い、振り絞るように熱い涙だけを流した。

こんなふうに感情が爆発するとは、自分でも信じられなかった。

だが、これでいい、とも思う。

結局、そういうつながりでしかないのだ。早いうちに切ってしまえてよかった。取り返しがつかなくなる前に。

自分にそう言い聞かせる。

感情が落ち着くまで、十分以上はかかっただろう。部屋で待っている若者には、腹具合でも悪いのかと思われそうだった。

ようやく涙は止まったが、目は真っ赤だろう。

洗面台の前で、奏は眼鏡を外すとあわててまぶたを冷やす。

何か聞かれたら腹具合が悪いと言うしかないな、と思いながら眼鏡をかけ直して鏡を見る。ひどく情けない顔だったが、眼鏡のフレームのおかげかそれほど赤い目は気にならずにホッとした。

深呼吸して仕事にもどり、それからは一心に金を数え、集計を終えると、簡易の計算書だけ作って渡しておく。

法要が終わり、食事会に入る前に奏はそっと本家を出た。

翌日は正式な目録を作って、一時頃本家を訪れ、前嶋にそれを手渡した。

冷静な顔ができたと思う。

これが終われば、しばらく用はないはずだった。

車で送ろうと言われたがそれを断り、ゆっくりと駅の方へ歩いて行く。

川沿いの桜がちょうど終わり間際で、美しい花びらを散らしていた。

ようやく肩から力が抜け、ほっと息をついた。

普通に顔を合わせられるまでどのくらいかかるだろうか。

それまで…、今度は誰に慰めてもらえばいいのかな、とちらっと自嘲《じちょう》する。

と、後ろからスーッと音もなく近づいてきた車がすぐ横で駐《と》まり、ようやく気がついた奏は無意識に足を止める。

なんだ？　と思っていると、おもむろに運転席のドアが開いて男が降りてくる。

「え…？」

その顔に驚いて目を丸くした次の瞬間、いきなり全身に鋭い衝撃が走った。

大きく伸びた男の手に、黒いスタンガンが握られているのがかすんだ目に映る。

「な……」

くらっと視界が揺れる。

膝から崩れ、奏は男の腕に倒れこんでいた――。

◇　　　　◇

法要はつつがなく（でなかったにせよ、無事に）終わり、客の帰った本家も慌ただしさの余韻とともに、ようやくまったりとした空気に包まれていた。

誰もがお疲れ様、という気分でぼちぼちとあと片付けを始める中、前嶋は一人、落ち着けないでいた。

ずっと、心の奥で引っかかっていたのだ。うっとうしいもやもやが身体の中から消えない。すべてが終わって、他に考えることがなくなると、それはさらに大きく体中にふくれあがってくる。

——あんなことを言いたいわけではなかった……。

『別に…、おまえじゃないと困るわけじゃないからな』

何気なく、というより、なんだろう…？　ただのつまらないプライドだろうか。

見透かされたような気がして、妙にあせってしまった。

『まるで…、私が欲しいみたいですよ？』

身体を合わせていれば、それだけ気安くもなる。その奏の言葉は、いつものじゃれあいの延長のようなものだったはずだ。

だがあの時は、それにひどくいらだった。

奏の様子も、いつになくおかしかった。どこ、とはっきりとは言えないが、妙な距離感を感じた。よそよそしさ、というのか。

このところ馴染んでいた気がしていただけに、目の前でいきなりシャッターを閉じられたような、理不尽な怒りだ。

まるで他の…、千住の組員たちと同列に置かれたようで、それが腹立たしく、あんな言葉を吐かせたのだ。

とはいえ、冷静に考えると、それは奏にとって自分が特別だと勝手に思いこんでいたうぬぼれにすぎない。

実際に自分は、仕事上のつきあいのある千住の組員の一人でしかなく、奏の嫌いなヤクザの一人だ。

前嶋にしても、そこまでいらだつ理由はないはずだった。

たまっているというのは本当だが、ただ単にたまっているだけなら、相手は誰でもよかった。女の一人、なんなら男でも、デリバリーのピザ並に調達できる立場だ。

ひさしぶりにやわらかな女の身体を楽しんでもいいはずだし、ケツの締め付けが癖になっているのなら、そっちに慣れた男でもいい。

だが…、あの一瞬に見せた奏の泣き出しそうな表情がまぶたに焼きついていた。

「くそ…っ」

思わず低く吐き出した前嶋に、近くにいた若いのが「へっ?」とあせった声で飛び上がった。

いきなりで、意味がわからなかったのだろう。

自分が何かしたのかとあたふたとあたりを見まわす男に、「ここはいい」と無造作に手を振って追いやる。

ちょうど法要の行われていた広間だ。正面にはまだ祭壇が飾られ、遺影も掲げられている。

……そうではないのだ。

前嶋は先代の遺影を前に、そっとため息をついた。

そうじゃない。奏を、抱きたかった。

顔に似合わずエロい身体も、最中の甘いあえぎ声や、後ろに入れた瞬間のとろける表情も絶品だが、なによりも寝顔が好きだった。

安心しきって前嶋に身体を預け、ただ無心に安らかな眠りを享受する顔が愛《いと》おしかった。

だが奏はそもそもヤクザが嫌いで、自分との関係も一時的なものに過ぎない。相手ができれば、その時点で終わる。

あるいは、その相手を見つけたのかもしれなかった。

だとすれば前嶋との関係などなかったことにしたいはずで、奏の態度もうなずける。

相手の確認をしておくべきか…？　と考えこみ、しかしわかったところで、奏を自分のモノにできるわけでもなかった。

千住の金庫番だ。意思に反して力ずくで奪うことはできない。そもそもうかつに手を出していい相手でもなかった。

「まいったな…」

先代の遺影の前で、前嶋は小さくつぶやいた――。


翌日、昼過ぎに奏が香典の目録を届けに来たが、おたがいに仕事以外の会話はなかった。

「確かに受け取りました」

丁寧にそう伝えたあと、少しためらってから、前嶋は言った。

「奏…、おまえが誰と寝ようとかまわないが、相手は選んでくれ」

忠告のつもりだったが、嫌みに聞こえたかもしれない。

奏は微笑んだだけだった。

「大丈夫ですよ。私もいろいろと経験をして大人になりました。ご心配には及びません」

そう言われると前嶋には動きようもなく、ただ奏の意思を尊重するしかなかった。

とはいえ、しばらくは様子をうかがってしまいそうだったが。

案外未練がましいな…、とちょっと自嘲する。

父親の方の斎木先生から電話があったのは、その夜のことだった。九時を過ぎた頃だ。

『夜分に申し訳ありません。もしかして、奏がまだそちらにお邪魔していませんか？』

取り次がれて電話を受けた前嶋は、え？　と言葉を失った。意味がわからなかった。

「いえ、奏先生は一時過ぎにこちらを出られましたが」

答えた前嶋に、電話の向こうで斎木が詰めていた息を吐き出した。

「何が……、どうかされましたか？」

不穏なものを感じ、前嶋は無意識に受話器を握りしめる。

『それが…、今日の午後から奏と連絡がとれなくなっていまして』

あせりを押し殺した声で、斎木が答えた。

「どういうことです!?」

思わず前嶋は聞き返したが、それがわかれば確認の電話などしてこない。

『電源も切っているようなんですよ。何の連絡もありませんし。若い娘というわけではありませんが、仕事の途中ですし、今までこんなことはなかったものですから』

お騒がせして申し訳ない、と斎木は恐縮したが、何かあったのでは、と想像させるには十分だった。

近隣の病院に問い合わせたが、事故にあった様子はなく、誘拐にしてはこの時間まで何の要求もない。事件に巻きこまれた可能性もあるが、父親が考えているのは、突然何もかも嫌になって失踪した、もしくは……想像したくないが、命を絶とうとしている、いうことらしい。あるいは、すべてを捨てての駆け落ちか。

嫌々ながらにやっていた金庫番の仕事がよほどストレスだったのかもしれないし、父親にはとても言えない相手がいたのではないか、と。

前嶋は思わず、額を押さえた。

今の前嶋にはそのどれもが考えられる。昼間の言葉も、とりようによっては言い残した最後の言葉にも思えてくる。

「うちでも…、方々に声をかけて捜させてみます」

とにかくそう伝えて電話を切る。

前嶋はまっすぐに狩屋のもとへ向かった。組長は今日は離れに居続けだったが、狩屋はまだ本家に泊まっている。

かいつまんで状況を報告し、とりあえず千住の配下に情報を流して、奏を見かけたら連絡するように指示をまわしておく。もどかしかったが、行き場所に心当たりもなく、できることは他になかったのだ。

金庫番が消えたのは問題だが、ただの失踪や駆け落ちなら見つかるのを待つしかなく、自殺でも遺体が見つかるのを待つしかない。うかつに全国的な大捜索でもかけようものなら、逆に金庫番に金を持ち逃げでもされたのかと疑われかねないのだ。

しかし事態が急変したのは、翌日のことだった。

昼前になって、青い顔で父親の方の斎木が本家を訪れた。

「このたびはご心配をおかけして申し訳ない」

応接室に通され、組長と狩屋、そして前嶋の三人の前で深々とあやまってから、実は…、と苦渋に満ちた表情であらためて口を開いた。

「千住からお預かりしている資金の一部を…、奏が持ち出したようなんです」

その内容の衝撃に、一瞬、誰もが言葉を失った。

つまり千住の金を、奏が持ち逃げした、ということだ。

「うちがお預かりしている資金は、ご存じの通り、何カ所かに分散して保管しております。銀行の貸金庫やトランクルームに預けてある分もいくつかあるのですが、リスク分散の意味で、それぞれの鍵を私と奏と事務所とで分けて保管しております。そのうちの、奏の保管になっているトランクルームの鍵が使われたようで、今朝方、事務所の方に管理会社から解錠確認のメールが来ていることに気づいたんですよ。念のため、トランクルームの契約を解除して中を確認しましたが空でした」

一気に十歳も老けこんだような様子で、斎木が深い息をついた。

「本当に…、お詫《わ》びのしようもありません…！」

苦しげに頭を下げる。

「そちらの保管分というのは、いくらです？」

「一億ほどでしょうか」

冷静な狩屋の問いに、斎木が答える。

「奏先生がご自身で引き出されたのですか？」

「いえ、防犯カメラをチェックしてもらうと、どうやら奏ではなく別の男のようでした。サングラスにマスクでいかにもな様子でしたが、ただ鍵は本物で、そちらのトランクルームは鍵さえあれば、あえて身元の確認はしませんから」

斎木がハンカチで汗を拭った。

そういう用途のためのトランクルームなのだ。つまり急な入り用があった場合、たとえば組長本人しか受け取れないでは使いようにならない。鍵の管理はオーナーの自己責任だ。

そもそも表沙汰《おもてざた》にしたくないものを入れているわけで、いかに怪しげな格好だったとしても拒否されることはない。他にも私設私書箱や貸倉庫や、あえてそういう取引のできるところを選んでいざという時に備えている。

「逃亡の資金に…、奏が取りに行かせたのかもしれません」

実の息子のことながら、淡々と斎木が続けた。ぎゅっと拳が膝の上で握られている。

「まさか…、奏がそんなことをするわけないでしょう！」

しかし前嶋は、思わず声を上げていた。無意識に呼び捨てにしていたが、とてもそこまで気が回らない。

少し驚いたように、斎木が前嶋を見上げる。組長と狩屋の視線も、ふっと向けられた。

「しかし…、昨日から連絡もとれませんし、私があの子の意思も考えず、無理やり家業に就かせたせいかもしれません…」

斎木がうなだれてつぶやいた。

「前嶋、おまえ、心当たりがあるのか？」

ソファにゆったりと身体を投げ出したまま、組長が無造作に尋ねる。

「い…いえ、それは」

さすがに言葉を濁した。実際、確定的なことはなにもない。

「しかし金がなくなっているとすると、自殺の線は消えるわけですね。一人ではないようですから、誰かと逃亡しているということになる」

顎に手をやって、冷静に狩屋が分析する。

「なんだ、女かぁ？　奥手そうな顔してんのにな」

組長があきれたようにうなる。

……誰か。

女でないことは確かだが、新しい恋人なのか、それとも……まさかあの早坂という男とよりをもどしたのか。

前嶋の全身から汗がにじみ出していた。昨日の懸念が現実になったわけだ。

「とにかく空港と駅と、見かけた人間がいないか調べさせましょう。午前中に金を手に入れたとするとと、もう手遅れかもしれませんが、足取りは追えるかもしれない」

「一億の現金だろ？　まあまあの荷物だぜ。空港の手荷物ってわけにはいかねぇだろ。ここんとこ、大金の持ち出しが税関でしょっちゅう摘発されてるみてぇだしな…」

狩屋の言葉に、組長が鼻を鳴らすように付け足した。肘掛《ひじか》けに頬杖をつき、どこか暢気《のんき》な様子だが、押さえるべきところは押さえている。

「そうですね。素人《しろうと》が資金洗浄するのは難しい。都内に潜んで、少しずつ持ち出す方が現実的かもしれませんね。ただ今は、知識があれば仮想通貨に換えるような手もありますから」

狩屋が小さく首をひねった。

「うおぉぉ…、遙に犯罪者をやらせたら恐そうだな…」

組長が肩をすくめる。

「奏…先生は、その一緒にいる男に利用されているだけかもしれませんよ」

いくぶん固い調子で、前嶋は指摘した。

「その可能性はあります。しかし協力した時点で同罪ですよ…」

斎木が目を閉じてうなだれた。

「少し…、一人で動いてみてもいいですか？」

まっすぐに顔を上げ、前嶋は組長を見て訴えた。

目をすがめるようにしてしばらく前嶋を眺めたあと、組長が軽く顎を振る。

一礼して、前嶋は応接室を出た。

玄関のキーボックスから車の鍵を一つつかみ、そのまま玄関を飛び出す。

「――うぉっ…！　あ、前嶋さんっ？」

玄関先で若いのを突き飛ばしそうになったが、かまっているヒマはない。

地味なシルバーのセダンに乗りこんでから、前嶋はポケットの携帯を出した。

片手でエンジンをかけながら、登録の一つを呼び出す。

「益井《ますい》か？　俺だ。この間、調べてもらった男……そうだ、早坂。住所はわかるか？　いや、今の時間なら事務所の方か…。今いる場所が知りたい」

ちらっと腕時計に目を落として、前嶋は早口に言う。

心当たりとは言えないが、とにかくあの男を当たってみるしかなかった。

古くからの友人関係は父親の方がすでに調べているはずで、だがおそらく、あの男のことは知らないだろう。自分のセクシャリティは頑なに隠していたようだ。

『今の場所ですか…。折り返していいですか？』

益井は、前嶋が使っている情報屋のような男だ。千住の盃は受けていないが、男の実兄が前嶋の舎弟分だった。裏業界のライターをやっていて、あちこちとコネがあるようで、いろんな調べが早い。

いつもながらテキパキとした対応に、頼む、といったん携帯を切る。

エンジンを吹かして、門の外へ出たあたりで早くも携帯が鳴った。いったんブレーキを踏んで応答する。

『早坂、今日は事務所を休んでるみたいですよ？　自宅住所、言います』

――休み……？　このタイミングで？

わずかに眉を寄せ、教えられた住所へ前嶋はまっすぐに車を飛ばした。

着いたのは、都内の比較的新しい高層マンションだ。そこそこ高級そうに見える。やり手のベテラン弁護士であれば住んでいても不思議ではないが、資格をとって一、二年という駆け出しには不相応だ。実家が金持ちであればわかるが、奏からずいぶんと金を引き出していたようだから、そういうわけでもないだろう。

部屋番号は一二〇三。

どうしようか、とちょっと考えた。

まったく関係ない可能性もあるが、奏が消えた同じタイミングで休みを取っているのは、さすがに気になる。

来客用の駐車場に車をいったん入れ、前嶋は再び携帯を取り出した。

このあたりだと、どこの縄張りになるのか正確にはわからないが、この付近に土地勘がありそうなのは、傘下では五島組《ごとうぐみ》だ。そのくらいのマップは頭に入っている。

「本家の前嶋だ。五島組長に代わってもらえるか？」

組事務所にかけると、ツーコールほどで応答があるのは躾《しつけ》が行き届いている。

電話番らしい若いのに名乗ると、少々お待ちください、と丁寧な対応ですぐに相手が変わった。

『前嶋か？　どうした、めずらしいな』

「おいそがしいところ申し訳ありません。ちょっと急用で…、若いのを数人、貸していただけませんか？」

『……うん？　それはさっき通達がまわってきた例の件に絡んでんのか？』

だみ声がうかがうように低くなる。

すでに情報が届いているらしい。

今頃、空港や主要な駅には、若い連中が奏の写真を持ってうろうろしているのだろう。

しかしそれこそ、あまり派手に動きまわると他の組に情報が抜けてしまう。組の金が金庫番に持ち逃げされた、などということが他に知れたら赤っ恥だ。少なくとも取りもどすまでは、もれてはまずい。狩屋にしても、指示を出すところは絞っているはずだった。

「わかりませんが、それをはっきりさせたいんですよ。五島組長のシマが一番近いようですから、少し手をお借りしたいと」

『わかった。鶴見《つるみ》に代わる。場所を教えてやれ』

「ありがとうございます」

そして声がまた変わって、鶴見です、と対応した。

『はい……わかります。大丈夫です。すぐに向かいます』

その男に場所を伝えると、しっかりとした声で答えた。

頼む、と前嶋は携帯を切る。

一緒に逃げているのなら、もうここにはいないだろうが……。

前嶋は無意識に親指で唇を撫でる。

だがもしそうだとすると、……前嶋も奏にだまされていたことになる。

とはいえ、前嶋自身はその資金についてまったく関与していないので、奏の行動には意味がない。ただ、早坂との関係はすでに終わっているということを、誰かに示しておきたかっただけなのか……？

しかしそれも、奏を介してしか前嶋は早坂の存在を知り得なかったので、やはり意味のあることとは思えない。

あるとすれば、前嶋に対して疑いを早坂にミスリードするため、くらいしかないが……、やはりそれもおかしかった。結局、鍵を持っていたのは奏なのだ。

どう考えても、奏が金を奪って逃げているというのは理屈に合わない。

ただそう思いたいだけだろうか…？

奏だって人間だ。自暴自棄になって、腹いせに金を奪って逃げ出した、ということもあるのかもしれない。しかしそれは、前嶋の知っている奏ではなかった。

では奏を信じるとすると、……どんな絵が描けるのだろう?

ぐるぐると考えを巡らせていると、ふいにウィンドウが軽くノックされる。

「前嶋さんですね? 鶴見です」

さっき聞いた声が、生真面目《きまじめ》に自己紹介してぺこり、と頭を下げる。前嶋より二つ、三つ下だろうか。奏と同じくらいだ。

五島のお供で本家に来たことはあるのかもしれないが、きっちりと顔を合わせたのは初めてだ。

「あと三人、連れてきてます」

軽く顎で示した後ろには、車が二台、駐まっていた。中に何人か乗っているのが見える。

「悪いな。ひとまず乗ってくれ」

前嶋がうながすと、助手席へまわりこんで、失礼します、と乗りこんだ。

そこで細かい指示を与えると、うなずいて鶴見が自分の車へもどる。それを見送ってから、前嶋はタイミングを見て車を降りた。

セキュリティはそこそこしっかりしているようだが、前嶋は宅配業者のあとについて中へすべりこむと、エレベーターで十二階を指定する。エレベーターの階数ボタンを押すにもロックがかかっていれば、ちょっとめんどうなところだった。

部屋番号を確かめ、前嶋はインターフォンを鳴らした。

しばらくして、うかがうようにドアが開く。いかにも警戒した様子だ。

「……誰、あんた……？　――あっ、おまえ、あの時の……！」

モニター越しではなく直接顔を見て、ようやく思い出したらしい。

「ちょっとおうかがいしたいことがあって来たんですがね、早坂さん」

前嶋は素早くドアに足を挟んで閉じられないようにし、まっすぐに男の目を見て薄く笑った。

「なっ…、なんだよ、おまえ……」

さすがにただならぬ気配を感じたのか、怯えたように早坂がうめく。

「奏と…、斎木さんとゆうべから連絡がとれなくなっているんですが、居場所をご存じないですか？」

何気ない様子で尋ねる。

「か、奏……？　知るわけないだろ。あいつとはもうとっくに終わってるんだしな…っ」

視線は落ち着かないまま、早坂が言い捨てる。

「だったらどうして、今日、あなたは事務所を休んでるんですか？　奏がいなくなったのと同じタイミングなんて、おかしいですよね？」

さらにねっとりと前嶋は問いただした。

「知るかよ！　ただの偶然だろ。俺はちょっと体調が悪かったから休んだだけだ。だいたい、一日二日連絡がとれないくらいでなんなんだよ。あんた、今の男かなんか知らないが、束縛しすぎて逃げ出したんじゃないのか？」

引きつった顔で笑ってみせる。

「それがそうもいかない。実は奏は、組の金を持ち逃げしたんだよ。一億って大金をな」

がらりと口調を変え、前嶋は低く言った。

「え…、く、組……？」

スッ…と早坂の顔色が蒼白《そうはく》になり、大きく目を見開いた。

「って…、あんた、じゃあ……」

ようやく前嶋がヤクザだとわかったらしい。ゴクリ、と唾を飲みこむ。

「千住組の前嶋という者だ。奏がうちの金庫番だということは知ってるよな？」

ぶるぶると早坂が首を振った。

「し、知らない…。そんなこと、知らなかった…！」

必死に訴えたが、それは嘘だ。ヤクザの金庫番をやっている男のとばっちりを受けたくないということで別れ話になったと、奏は言っていた。

しかし前嶋は深くつっこまなかった。

「それはどうでもいい。俺たちが捜してるのは斎木奏だ。あのアバズレ…、まったくたいしたタマだよ。おとなしい顔して」

とりあえず、疑っているのは奏だけだという印象を強くしておく。

あえて吐き出すように言うと、早坂が探るように前嶋の表情を見つめているのがわかった。

「知らなきゃいい。行きそうな場所の心当たりもないのか？」

早坂がやはり首だけ振る。

「困ったな…。まあ、あと半日もしたら発信器が作動するだろうが、海外へ飛ばれてるとちょっとやっかいだ」

前嶋はことさら渋い顔をしてみせる。

「え…、発信器って、携帯のＧＰＳか何かの？」

何気ない様子で口にした前嶋に、早坂が反応した。

「いや、耳たぶに埋めこんでる。不慮の事故で死んだり、一定時間連絡がとれない状態になると、作動するやつだ。あいつは腐っても金庫番なんでね。秘密の多い身体だ。死んだあとも持ち物を回収する必要がある」

「へ、へぇ…。すごいな。そうなのか…」

結構な口からでまかせだったが、早坂はひどく落ち着きなく視線を漂わせた。

「じゃあもし奏から何か連絡があったら、こっちに知らせてもらえるか？　早坂先生」

馴れ馴れしく男の肩をたたいて目の前に突き出した名刺を、早坂が震える手で受け取った。もちろん、肩書きもない名前と携帯番号だけのものだ。

「わかった……」

かすれた声で言った早坂にうなずき、前嶋はようやく足をどけてやる。

バン！　とものすごい勢いでドアが閉じた。

そのドアをしばらく眺め、前嶋はマンションを出る。まっすぐに車へもどってエンジンをかけると、そのまま敷地を出て車を走らせた。マンションから完全に死角に入ったところで、車を路肩に駐めて待つ。

やはり早坂の様子はおかしかった。病欠するほど具合が悪いようにも見えないし、前嶋がヤクザだと知って、ひどくあせっていた。もちろんヤクザと顔つき合わせて話したい人間も少ないだろうが、それにしても動揺が大きい。仮にも弁護士なのだ。さらに、つかなくてもいい嘘をついている。

奏が千住の金庫番だということを知らなかった――、などと。

あるとすれば、それを知っていることで奏の共犯だと疑われるのを避けたかった、というくらいだ。つまり、共犯だということに他ならない。

早坂は奏の居場所を知っている。

あれだけ揺さぶれば、早坂が奏のところへ行く可能性はある。もしかするとあの部屋の中にいたのかもしれないが、確かめようがない。まったく動きがなければ、そう想定してもいいだろう。ただもし単に共犯ということであれば、発信器の嘘はすぐにバレる。奏に確認すればいいだけなのだ。

前嶋は、もう一つ、別の可能性を考えていた。

ジリジリとあせる思いを押し殺し、前嶋は待った。

『早坂が動き出しました…！　車です』

携帯に連絡が入ったのは、三十分ほどたった頃だった。

鶴見たちには、早坂の顔と持っている車の車種を伝えてある。二台の車で慎重にあとをつけ、前嶋もそれを追いかける。

高速に乗って車はどんどんと都心から離れ、夕方近くなってようやく早坂が駐まったのは、南《みなみ》房総《ぼうそう》のあたりだった。海沿いの別荘地のようだが、かなり外れた場所だ。通りを走る車もまばらで、それだけに早坂の車とは十分に距離を置いて、用心しながら追いかけていた。

ようやく車に追いついた時、中に人の姿はなく、どうやら付近の別荘へ入ったらしい。

前嶋たちは車を降り、手分けして一つずつ、別荘をあたっていった。

このあたりで奏と落ち合うのか…、あるいは隠れているのだろうか？

しかし前嶋は、もっと悪い予感がしていた。冷や汗がにじみ、心臓が激しく音を立てる。

こんな感覚は十年ぶりくらいだった。まだ若く、血気盛んだった頃だ。今は内の仕事が多くなって、肩で風を切って歩くようなこともない。

と、通りからかなり奥まったところに、古い別荘……というより、単に古いだけの平屋が建っているのが見えた。何かが反射して光ったような気がして、前嶋は急いで近づいていく。

玄関を避け、雑草だらけの庭からまわりこんで、土埃《つちぼこり》で汚れた掃き出し窓を物陰からそっとのぞきこむと、中はどうやらリビングのようだ。

すでに廃屋のようで、カーテンもなく、沈みかけた夕日の中に全体が赤く沈んでいる。

じっと目をこらすと、ようやく人影らしいものが見えた。

朽ちかけたソファのそばに立っている早坂と、その足下に――。

ハッと前嶋は息を呑んだ。

奏だった。両手、両足を縛られ、猿ぐつわも嚙まされた状態で床に転がされている。

「……案の定、連中はおまえが金を持ち逃げしたと思ってるし、そのまま死体が見つからなきゃ、うまく逃げおおせたってだけですんだはずなんだけどな…。くそっ、あの男、ヤクザかよ…。へタに目をつけられたじゃないか」

奏を見下ろし、早坂が不機嫌に吐き出した。

「それに発信器って…、言ってなかっただろうが、そんなこと！　金を持って逃げてるはずの男が、こんなところで縛られたまま死んでちゃ、さすがにまずいからな。やっぱり海に捨てるのが一番か…？　逃げてる最中の事故ってことでケリがつきそうだしな」

ぶつぶつと、あとは独り言のようにうなっている。

どうやら、早坂が奏を拉致してトランクルームの鍵を奪ったようだ。そしてすべての罪を奏になすりつけて殺すつもりなのだろう。

確かにうまいやり方だった。金庫番が金を持ち逃げするのは往々にしてあることだし、ヤクザの方もメンツがあってあまり表沙汰にはしない。奏との関係が知られていなければ、疑われることすらなかったのだ。

「仕方がないな…。暗くなったら海へ運ぶか」

めんどくさそうに言いながら、早坂がスタンガンを取り出す。

「ん…っ、んんん……っ！」

何をされるのか察したように、奏が必死にもがいた。しかし体力が残っていないのか、まともに動ける状態ではない。

早坂が手を伸ばし、しゃがみこもうとした時——

前嶋は気合いとともに思いきり踵《かかと》でガラスを突き破る。

「な…っ、なに……、なんだよ…っ!?」

ハッと顔を上げた早坂が、ひっくり返った声を上げる。

前嶋は勢いのまま男につかみかかると、渾身《こんしん》の力で殴り飛ばした。

ぐぁっ、と濁った声とともに早坂の身体が吹っ飛んで、後ろのテーブルにまともにぶつかった。

その衝撃で壊れた古いテーブルと一緒に床へ崩れ落ち、大量の埃を舞上げる。

「奏…！」

前嶋はそちらを確かめる余裕もなく、床の奏のそばへ膝をついた。

「もう…、大丈夫だ」

なだめるように言いながら、まず口の猿ぐつわを解いてやる。

「まえ…、前嶋…、さん……？」

咳《せ》きこむように大きく呼吸をし、奏がぐったりと腕にもたれかかってくる。

「よかった…」

無意識に強く抱きしめ、深い息とともに気持ちがこぼれ落ちる。

よかった。無事だった。

それからようやく奏の腕のロープを解いていると、いきなり表情を変えた奏が大きく叫ぶ。

「――後ろっ！」

どこから声が出たのかと思うほど、大きな一声だった。

前嶋はかばうように奏の身体を抱きしめたまま、反射的に上体を倒して床を転がる。

頭の上で、バチッ、と嫌な音がした。

そのまま大きく足を蹴《け》り出し、男の足を絡めとるようにして床へ引きずり倒す。身を起こすと同時に男の片腕を思いきり反対側へねじり上げた。

「ひぁぁぁぁ……っ！　痛い…っ！　なんだよ…、痛いだろっ、くそぉ……っ！」

早坂がのたうつようにして悲痛な声を上げる。

ゴキッと鈍い音がしたから、折れたのは間違いないだろう。

「――ま、前嶋さんっ！」

「大丈夫ですかっ？」

騒ぎに気づいたのか、他の連中が血相を変えて走りこんできた。

「そいつを黙らせろ。それと、金をどこに隠してるのか吐かせて回収してくれ。多分、こいつのマンションだろうがな」

自分と奏との関係などヤクザが知っているはずはない、と高をくくっていれば、わざわざ遠くへ隠すことはしない。

指示を出すと、わかりました、と鶴見がうなずいて、とりあえず早坂の口に猿ぐつわを嚙ませて声を潰し、そのまま外へ引きずり出した。

前嶋は奏の足のロープも解いてから、小さく震える奏を静かに見つめる。

「奏……」

安堵《あんど》と愛おしさが、体中、いっぱいに溢れてくる。

「俺が…、悪かった。おまえが欲しいよ。それを認める」

ささやくように言うと、乱れた髪に指を通し、手のひらにそっと頰を包みこんだ。

確かに腕の中にある温もりに、大きな安堵が押し寄せる。

とても信じられないように大きく目を見開き、放心した様子でしばらくぼんやりと前嶋を見つめていた奏の顔が、瞬間、ぐしゃっとゆがんだ。

「あ……」

唇を震わせ、どうしようもないように胸にしがみついてくる。指が離したくないように、前嶋のスーツをきつく握りしめる。

感情的な、ふだんよりずっと幼く見える泣き顔だった。

前嶋はその身体を強く抱きしめ、少し塩辛いキスを奪った――。


大きなケガはなかったが、丸一日以上、飲まず食わずで放置されていた奏はさすがに少し衰弱しており、いったん病院で点滴を受けた。

前嶋は報告のために一度本家へもどり、経緯を説明した。

要するに、借金返済の催促が事務所にまでくるようになり、ごまかすのも難しくなってきていた上に、ステイタスを維持するための金が欲しかった早坂が、奏の保管している金のことを思い出した。奏の身につけているキーケースにトランクルームの鍵があることは、昔酔った時に奏が口をすべらせたらしい。

先日のパーティーで、一気に落としにかかるつもりだった女社長との関係がうまく進展せず、奏のせいだと逆恨みしたあげくに、トランクルームの金のことを思い出したようだ。

奏が奪って逃亡したと思わせておけば、ヤクザの目はすべて奏に向く。死体が見つからなければ、うまく追跡の手を逃れていると考えるだろう。自分に疑いの目が向くことはない。

……そんな計画だったようだ。

金はやはり早坂のマンションにあり、無事に回収できた。

前嶋が腕の骨をへし折ったので、あのあと病院へ駆けこんだようだが、訴えられる立場ではないだろう。すべてを明らかにすれば、窃盗はもちろん、奏の拉致監禁、それに殺人未遂まで自白することになる。

ヤクザの金をちょろまかそうとして失敗した男、というわけで、それから早坂への借金の取り立ては過酷さを増したようだ。給料の差し押さえ要求が舞いこむようになると、事務所からは早々に首を切られ、弁護士という肩書きで安心していたのが一気に焦げつきそうな気配が漂って、ことによると内蔵の奪い合いになるのかもしれない。

前嶋は特に関知するつもりもなかったが、顔の利くあたりには調べていた早坂の情報を流してやった。

「いや、やはり奏の責任ですよ。脇が甘すぎる。人を見る目も足りないし、鍵の管理をおざなりにしていたんです。指導できなかった私の責任でもある」

奏も、金の方も無事に手元にもどり、安心すると同時に、父親の斎木先生は厳しく言った。

確かに、奏の責任は大きいだろう。貸金庫やトランクルームの存在を他人に口にすること自体が、立場上、大きな守秘義務違反にもなる。

が、組長は鷹揚《おうよう》だった。

「まだ若いんだから失敗もあるさ。失敗もしなけりゃ、学ばねぇしな。金ももどってきたんだし、斎木のオヤジさんもそのへんにしといてやれよ」

そしてちらっと前嶋を見て続けた。

「うちにはまだまだ必要な人材なんだろ？　奏先生。まァ、この先ふらふらしないように、おまえが目を離さなきゃいいさ」

どうしてこっちに聞くんだ？

と、少しドキリとしながらも、はい、と前嶋は生真面目に答えた。

早坂との関係は、とりあえず大学時代の親しい友人だと説明した。奏としては、まだ父親に告白する勇気はないようだ。

奏がいなくなった時の様子からも、もしかして、斎木先生は知っているんじゃないか…？　と思わないでもなかったが、前嶋から言うことでもない。

念のため、奏は一晩病院に泊まり、翌日の午後に本家の方へ正式な詫びに訪れた。

「ご迷惑をおかけしました」

引き締まった表情で、組長以下に向かってきっちりと頭を下げる。

「同じ過ちがないよう、これから精進していきたいと思います。よろしくご指導ください」

責任を感じて担当を外れる、という、ある意味、逃げる選択もあった。その方が楽なはずだったが、奏は千住での仕事を続ける決心をしたらしい。

「ま、同じミスが二度なけりゃいいさ」

さらりと返した組長の言葉は、かつて先代も言っていたことと同じだった。前嶋も、先代にはよく言われていた。

優しくも厳しい言葉だ。仏《ほとけ》の顔は一度だけで、二度目は容赦がない。三度目はないあたりが、極道なのだろうか。

二度目をやらかしたら激しい叱責《しっせき》や制裁が下るが、それはまだ見込みがあると判断されているからで、ダメだ、と思われたらその時点で切られる。

送ってやれ、と若頭に指示されて、前嶋は配下に任せることはせず、自分の運転する車に奏を乗せた。とりあえず、奏の自宅へ向けて走らせる。

「あの…、昨日はありがとうございました。助けていただいて……」

昨日は感情も混乱したままだったが、落ち着くと少し気恥ずかしい様子で奏があらためて礼を口にする。

「いや、組のことでもあるからな」

前嶋はさらりと返してから、あ、と気がつく。

「すまない」

あらためてあやまった。

「えっ？」

意味がわからなかったように、奏が首をかしげた。

「言い方が悪かった。組の問題でもあるが、……おまえのことは心配だった」

ふっ…と奏が息を吸いこむ。

「……本当、ですか？」

そしてじわりと、息を詰めるように確認してきた。

「ああ」

「昨日、言ったことも……？」

「どのことだ？」

言ったことはいろいろとあるはずで、前嶋としては普通に尋ねたつもりだったが、奏はからかわれていると思ったのか、横目で小さくにらんだ。

「私が…、欲しいと。それを認める、って」

自分で言って恥ずかしかったのか、語尾がだんだんと小さくなる。

「ああ…」

思い出して、前嶋はそっと息をついた。

「本当だ。おまえが欲しい。だがこれまでのように身体だけなら、おまえが新しい男を見つけた時にきれいに身を引けるか不安だからな。仕事だけの関係にとどめた方がいいのかもしれない」

前嶋の本心だったが、しばらく返る言葉がなく、前嶋は怪訝そうに隣に視線をやる。

奏が驚いた顔で前嶋を見つめていた。そしてとまどったように視線をそらせる。

「前嶋さんって…、意外といけずなんですか？」

「あぁ？」

まったく意味がわからない。

「新しい男は…、もう必要ないんです。前嶋さんがなってくれれば、問題はないんじゃないですか？」

少しばかり取り澄ました、いつもの調子だった。

頑なに前方を見つめたまま、しかしその横顔がほんのりと赤い。細い指先が手慰みのように長くもない髪を耳にかける。

「その…、私はまだ、組にとっては保護観察中みたいなものですし。前嶋さんには、私を監視するのもお仕事でしょうから。つまり……、ちょうどいいんじゃないですか？　もし…、前嶋さんが私の新しい男に……なってくれるのなら」

必死に抑えてはいるが、少し震える声だった。

前嶋は少しとまどった。

「いいのか？　別に助けたことを恩に着せるつもりはないが」

「そうじゃありません」

ムキになるように、奏が言った。

「ヤクザは嫌いなんだろう？　無理につきあう必要はない」

「あなたが言ったんですよ…？　わざわざヤクザとつきあうのに……、他に理由はないと」

息を詰めるように、耳まで赤くして言われて、あ…、とようやく前嶋は気がついた。

『惚れてるからだろう。わざわざヤクザとつきあうのに、他に理由はないさ』

組長と遙のことを、前にそんなふうに説明したことを思い出す。

「そうか…」

ホッと息を吐くように、前嶋は言った。

——そうか……。

じわじわと、ようやく心の中にその意味がしっかりと落ちてきて、何か急に、思春期のガキみたいにわくわくと胸が躍る。

「部屋がないと不便だな…」

目をすがめて無意識に小さくつぶやき、前嶋は目についたホテルへハンドルを切った——。

◇　　　　◇

チェックイン時間の二時をちょうど過ぎたくらいで、運はよかったが、さすがにこんな真っ昼間からホテルへ入ったことはなかった。

……つまり、その目的で、だが。

窓からまだまぶしいくらいの明るい日差しが差しこむ中、ベッドの上では熱い身体がもつれ合っていた。

奏としても、合意はしたが、これほどがっつかれるとは思っていなかった。

タガが外れたような勢いで、大型の獣に貪られているに等しい。

激しくて、容赦なく情熱をぶつけられる。だがそれがうれしくて、心地いい。

奪うようなキスが何度も与えられる。小さな乳首は痛々しいほどいじりまわされ、きつく吸い上げられてジンジンと疼《うず》いている。

「――んっ…んっ…、あぁ…っ、そこ……っ、……あぁぁぁぁ……っ!」

早くも後ろへねじこまれた二本の指が中を掻き回し、狙い澄ましたように感じるポイントを押し上げるようにして刺激する。

奏はたまらず腰を跳ね上げて身悶《みもだ》えた。

「奏……」

汗ばんだ額から前髪が掻き上げられ、再び唇が塞がれて、ねっとりと舌が絡み合う。

奏も無意識に腕を伸ばし、男の背中を引き寄せた。

熱い体温と、隆起する筋肉の感触に、生身の男だと実感する。熱く、たくましく、奏を抱きとめてくれる身体だ。

喉元から鎖骨へと、肌を味わうように唇を這わせた前嶋が、いったん上体を起こして奏の片足を抱え上げる。膝のあたりから敏感な内腿《うちもも》まで、さらに荒々しく唇でたどる。

「や……ぁ……っ」

恥ずかしい格好に、奏は思わず両腕で自分の顔を覆った。

「あぁぁ……っ、ダメ……っ！」

次の瞬間、中心が男の口に含まれ、根元からしゃぶり上げられて、奏は大きく声を上げていた。

かまわず、圧倒的な力で前嶋はさらに奏の足を押し開き、恥ずかしく突き出した奏のモノだけでなく、根元の双球も口に含んで愛撫する。

激しい舌使いと、ぐちゅぐちゅと濡れたいやらしい音に、どんどんと奏の身体は熱く高まっていく。

「あっ…あっ…あっ……ふ…ぁ……」

ガクガクと腰が揺れ、奏は無意識に腕を伸ばして男の髪を引きつかむ。

荒い息とともにようやく前嶋が顔を離し、しかしつかんだ両膝を押すようにして腰を浮かせると、さらに奥へと舌を伸ばしてきた。

「あぁぁ…っ、ダメ…ッ、ダメ…っ、そこ……っ」

舌先が細い溝を何度も往復して濡らし、指先でこするように刺激されて、奏はたまらず腰を逃がそうとする。

が、抵抗を許さない力で押さえこまれ、まともに身動きできない状態のまま、さらに奥の窄《すぼ》まりに舌がねじこまれた。

「ひ…ぁ…、あぁぁ……っ、あぁっ、あぁぁ…っ」

細かな襞がくすぐるように舌先でなぶられ、あっという間にヒクヒクと収縮を始める。さらにそこが指先で押し開かれて、奥の方まで伸びた舌に中までもが味わわれる。

逃げたいのに、がっちりとつかまれたままの腰はぴくりとも動かず、されるまま奏の腰は甘く溶け崩れていく。

「な…なめないで……っ、そんなとこ……」

真っ赤になって、泣きながら奏は必死に訴えた。

そんなことは、早坂にもされたことはない。

「嫌か？　本当に？」

ふっと顔を上げた男が見透かしたような目で奏を眺め、吐息で笑った。

「おまえのココは欲しがっているように見えるがな…」

意地悪くつぶやくと、淫らにうごめく襞の表面が爪でいじられ、さらにその手が切なく震えていた奏の前にかかった。

「あぁぁぁ…っ、あっ、あっ……ダメ…っ、もう……っ」

手の中で巧みにしごかれながら、後ろがさらに舌と唇で愛撫され、奏の身体はあっという間に限界を迎えていた。

どくっ、とその一瞬に弾けたのがわかる。腹に自分のものが恥ずかしく飛び散る。

解放感と情けなさで、奏はしばらく放心してしまった。

そんな奏の表情に吐息で笑い、大きな手が頬をこするように撫でる。鼻先に、唇に、なめるようなキスが落とされる。

そしておもむろに、前嶋が奏の足を抱え直した。

熱く潤んだ場所に硬いモノが押し当てられる。

あっ、と思った次の瞬間、熱い塊が身体の中に押し入った。

「──あぁぁ……っ！」

反射的に身体を突っ張らせた奏をなだめるように、前嶋の手が奏の腰を優しく撫でる。

「大丈夫だ…」

ささやくように言いながら、リズムを刻むように腰を揺すった。

「あっ、あぁっ、あっ……ん…っ」

引きずられるように、奏の腰も揺れ始める。イッたばかりの前が、早くも力を取りもどし始めているのがわかる。

えぐるように腰を使い、根元までねじこんで、奥まで突き上げる。

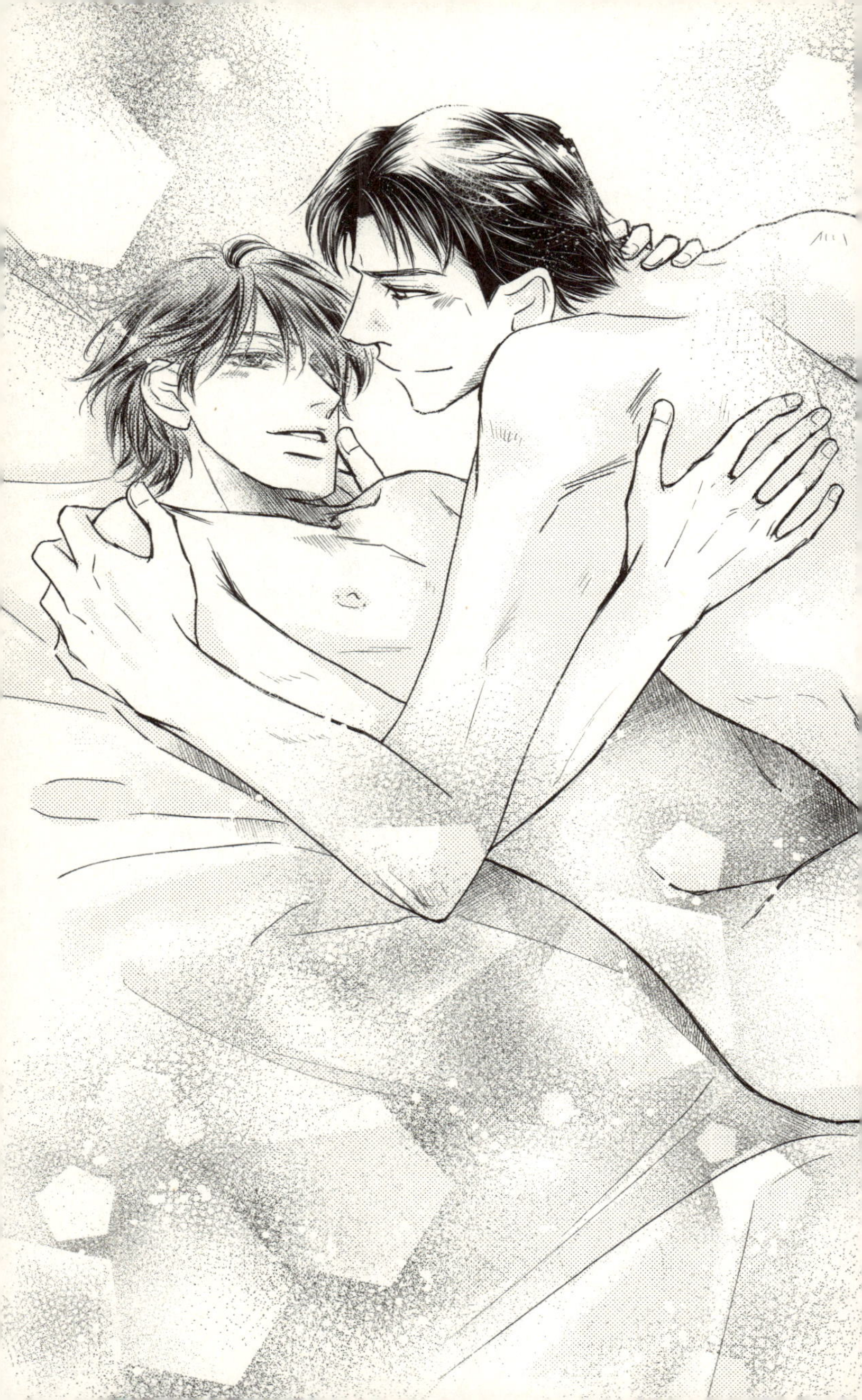

「あぁ…ぁ……、は…ん…っ、いい……っ」

頭の芯がぼうっとするような、甘い快感だった。

無意識に締めつけた奏の中をこじ開けるようにして、前嶋が何度も出し入れする。

二度目の絶頂は、ほとんど同時だった。

腰がつかまれたまま、たっぷりと中へ出されているのがわかる。

薄く目を開くと、目の前にどこか切羽詰まった前嶋の顔があった。

いつも余裕のある男なのに…、と思うと、苦しいくらい胸がいっぱいになる。

いったん引き抜かれ、手荒に身体が返されて、今度は後ろから挿入された。まだ男のモノは硬いままで、奏は大きく背筋を反り返らせる。

「ふ…ぁ…、や…ぁ……っ」

そのまま腰が引き上げられ、ゆったりと打ちつけられて、奏はシーツを引きつかんだままあえいだ。

ねだるみたいに男に腰を掲げるおそろしく淫猥な格好だったが、その一点から全身へ甘い快感が広がり、奏はただ中の男を味わうように締めつけながら腰を揺する。

「奏…、わかるか?」

背中を撫でながら、男のかすれた声が耳に落ちる。

「おまえのココを…、俺のカタチにしてやるよ」

「ふ…、あ…、あぁ……っ」

ずぶっ、と根元まで深く突き入れられ、奏は大きく背筋を反らせた。

反射的にきつく締めつけた中の熱が、本当に男の大きさのまま、身体に刻みこまれるようだった。

「他は…、忘れろ」

短い、しかしその中にすべての想いがこめられているようだった。

心が震える。うれしくて、涙が溢れた。

男の力強い腕が胸にまわり、強引に身体が引き起こされる。

「なっ…、んっ、――あぁぁぁ……っ！」

背中から腰にすわらされ、自分の体重でさらに深くまで男が入った気がした。

前にまわってきた男の手が薄い胸を撫で上げ、両方の乳首が同時にもてあそばれる。きつく摘み上げられ、押し潰され、引っ張られて、どうしようもなく奏は胸を反らせる。

「いやぁ……っ、もう……いや……」

そこばかりがいじめられ、他がほったらかしにされて、奏は泣きそうになる。

隠しようもなくさらされた前が頭をもたげ、触れられないままに先端からポタポタと蜜を滴《したた》らせていた。

こらえきれずに奏は自分で手を伸ばし、たどたどしくそれをしごいた。

「ダメだ」

しかしすぐに引き剝《は》がされ、両腕とも押さえこまれてしまう。

前嶋がそのまま激しく腰を揺すり、下から何度も突き上げた。

じゅぶ…っ、じゅく…っ、と差し抜かれるたびに濡れた音が響き、中に出されたものがかき混ぜられるのがわかる。

「ひ…ぁ…っん…っ！　あぁ…っ！　あぁぁぁ……っ！」

頭の中が真っ赤に染まるような快感の波に押し流され、奏は自分がどんな声を上げているのかもわからないまま、男の腕の中で恥ずかしく乱れた。

淫らに天を向く自分のモノがねだるみたいにピチピチと跳ね、先端からはしたなく蜜をこぼしているのが目の前に容赦なくさらされて、顔が赤くなる。

大きな波に揺さぶられるまま、あまりの快感に飲みこみきれない唾液が口から溢れ出す。

男の胸に背中をこすりつけるようにしてあえぐ奏の顎がつかまれ、強引に顔を上げさせられた。

「俺だけだ…。いいな？」

肩越しに、男の強い眼差しがまっすぐに落ちてくる。

涙でその顔がぼやける中、奏は夢中でうなずいた。

「あなた……だけ……に…して……っ。全部……っ」

——全部。何もかも。

ヤクザ、なのに……。
何かおかしくて、泣きながらも笑いそうになる。
仕方がない。他の誰にも代えられない男だから。
千住の顧問も、きっとこんな気持ちだったのだろうか…、と思う。
男の手が奏の顔を持ち上げ、苦しい体勢で唇が奪われた。
舌を絡め、奏からねだるみたいにさらに腕を伸ばす。
「おまえ…、これ以上、エロくなるな。心配になる」
ちょっと顔をしかめて言われ、奏は思わず笑ってしまった。
「知りませんよ…」
その振動が腰に響く。無意識に中の男を締めつけ、前嶋が低くうなった。
ドクドク…と、自分の身体の中で男が脈打っているのを感じる。
「俺のモノだ…」
そしてかすれた声が耳に落ち、熱い腕が縛りつけるように奏の身体を抱きしめる。
奏はそっと息を吸いこんだ。
体中が指先まで、心の奥まで、やわらかく満たされるようだった。
返事の代わりに、奏は甘えるように頬を男の腕にこすりつける。
中の男が、また少し硬く、大きくなったのがわかった。

思わず喉で笑う。
どうやら奏は、また一つ学んだようだった。
ヤクザの男とつきあうには、きっと並以上の体力が必要なのだ――。

end.

あとがき

こんにちは。今回の「最凶の恋人」はちょっと番外的なお話ですね。

若頭・狩屋のお話……と言っていいのか、狩屋に恋するカワイイ男の子の話というべきか。「若頭にハニーを！」というお声をシリーズ当初からずっといただいているわけですが（同様に、「若頭はこのままでっ」というお声もいただくのですが）、例によって仕事モードの若頭はなかなか恋愛モードになってくれず…（笑）こんな感じになっております。相変わらず、惚れられることは多い若頭です。いつか恋愛モードの若頭が書ける日が来るのかな？　このお話では、若き日の若頭の日常やら、若い頃のカワイイ（？）柾鷹もちょこっと出てますね。幼い頃の知紘ちゃんとか。いつにない感じで、自分でもちょっと楽しかったです。この時の柾鷹のエピソードから、最後のおまけのショートで遙さんたちのお話もちょこっと入っております。二人の空白の十年のエピソードは、なかなか感慨深いものがありますね。

そしてもう1本は、シリーズ当初からちょこちょこと登場していました舎弟頭の前嶋さんと、本編では初めてでしょうか。組員日記の方では（まだ雑誌だけかな）一瞬だけ出てきていました、金庫番の奏さんのお話です。金庫番！　そうなんですよ、やはり極道ものなら金庫番というポジションはちょっとおいしい気がして、いつか書きたいと思っていたのですが、ようやくここで新しいカップリングになりました。前嶋さんがとてもまじめな極道（？）ですので、奏さんは遙さんほどの苦労もなく（笑）、しっかり愛してもらえるんじゃないかと。こちらのふたりも可愛がっていただけるとうれしいです。

こちらのシリーズ、ずっとイラストをいただいておりますしおべり由生さんには、いつも本当にありがとうございます。雑誌の方ではイラストだけでなく漫画も描いていただいてまして、柾鷹と遙さんの出会いから再会まで、私もドキドキと拝見させていただいてます。本当に柾鷹がカッコイイんですよ〜。いや、最近ヘタレ気味の組長ですが、本編でもカッコよくないとですねっ。新しいふたりも楽しみにしております。そして編集さんにも、相変わらずお手数をおかけしておりまして申し訳ありません。極道者にならないよう、しっかりがんばりたいと（笑）

そしてこちらの本にお付き合いくださいました皆様にも、本当にありがとうございました！「最凶」の世界が徐々に広がっていますが、少しでもお楽しみいただければ幸いです。

それではまた、次の本でお目にかかれますように——。

4月　さっぱり系初鰹の季節ですね。タタキもお刺身も見かけると手が伸びる…。

水壬楓子

【a memory ―写真―】

未整理の写真の束が出てきたのは、ちょうど年度替わりで遙が机まわりの片付けをしていた時だった。

一番深い引き出しの奥で無造作に小さな紙箱に放りこまれていて、もう何年もそのままだったらしい。そもそも最近は写真を撮る機会も減ったが、撮ったとしてもデジタルだ。きちんとした整理が面倒なのは同じだが、やはりプリントされた写真ほどに場所はとらない。

いつのだろう…？ と遙《はるか》は写真を取り出してみる。それさえも覚えていない。

一枚ずつめくっていくと、覚えのある風景と顔が次々と現れた。

どうやら大学時代の写真だ。サークル仲間と旅行に行った時のものや、大学構内で教授やゼミの連中と写っているものもある。

もう十年以上も前だ。大学時代にもらったものをずっとこの箱にためたままで、引っ越しの時もそのまま移動させていたのだろう。

本当に懐かしい。写真を撮られるのがあまり得意でなく、ちょっと笑顔がぎこちない若い頃の自分を見るのは妙な気分だ。

大学から大学院にいた時代は……遙にとっては、一番自由だった頃かもしれない。

やはり気兼ねの多かった叔父夫婦の家を出て全寮制の学校に入ったものの、どうしてだかヤクザな男に理不尽につきまとわれて、いわゆる甘酸っぱかったり、熱血だったりという青春時代はないに等しかった。……まあ、ある意味、やりたい盛りの動物的な欲求は、否応なく満たされていたけれども。

柾鷹《まさたか》から逃げて手に入れた大学時代は、たまっていたフラストレーションを一気に爆発させていた。普通に友人を作り、旅行をしたり、レポートの協力をし合ったり、飲みにいったり。バイトをして、スポーツにも汗を流して、学祭でみんなで盛り上がって。

もしかすると、人生で唯一、穏やかでありふれた日々を過ごせていた。

いつだろう。図書館の前で、四、五人の男女が交じって写っている中に自分の姿もある。さらに構内のカフェで戯れている姿。

今はもうその頃の友人とはほとんど連絡をとっていなかったが、つらつらと見ていると、たわいもないあの頃の日常を思い出した。

図書館の横の桜がきれいだったな、とか。カフェのコーヒーは日によって味の差が激しかったな、とか。それに――

「んー？　なんだ、大学ん時の写真か？」

いきなり背中から聞き慣れた声がして、振り返ると、いつのまに来ていたのか、柾鷹が肩口から遙の写真をのぞきこんでいる。そして思い出したように顎を撫でた。

「そういや、ここの購買の焼きそばパンがえらくうまかったんだよなぁ…」

「ああ…、そうそう。クセになる味……――えっ？」

遙も思い出して、何気なく微笑《ほほえ》んだ次の瞬間、それに気づく。

「なんでおまえが知っている？」

思わず、問いただした。

「あー…、行ったことあるから？」

しまった、という顔で、柾鷹がとぼけるように横を向いて言う。

「いつ？　用事、ないだろ」

関西の大学である。柾鷹とはまったく縁のない場所のはずだ。

さらに詰問するような遙の口調に、柾鷹が肩をすくめた。

「おまえが大学に通ってた頃だろ…。おまえがいないのに行ってもしょうがないしな」

観念したみたいにあっさりと答えた柾鷹に、遙は絶句した。

つまり遙の大学時代、この男から逃げていたと思っていた時も、柾鷹はずっと自分を見張っていたのだろうか？

「俺の在学中？　ストーカーかっ！」

遙は思わず声を上げていた。

「えー、声はかけてねぇだろ…。せいぜい年に数回だし。物陰からのぞいてただけだし。いじらしいじゃねーか」

「おまえ…」

つまりわざわざ顔だけ、見にきていたということなのか？

不服そうにちょっと口を尖らせた柾鷹に、遙は驚いたというか、あきれたというか、何かもう、言葉もなかった。

まったく気づかなかったし、柾鷹にしても当時、そして今までも、あえて教える気はなかったということだ。

これだけ自己主張の激しい男が。

「気がつかなくてよかったよ…」

ハァ…、と遙は知らず深いため息をついていた。

もしもあの頃、そんな柾鷹の動きに気づいていたら、きっと今、ここにはいない。反発して、嫌がらせのように感じて、それこそ海外の大学へそのまま移っていたかもしれない。

柾鷹があの頃、どんな思いでいたのかも知ることはなく。

ただ元気かどうかを確かめたかったのか、自分のいない人生を遙が楽しんでいるのかを知りたかったのか。

二度と会わない方がいいのか——。

十年の時間は、柾鷹にしてもそんな迷いだったのだろう。

遙にも柾鷹のいない時間が必要だった。

その自由が、本当にほしいものなのか——それを考える時間が。

もちろん自由は必要だ。だが大学を卒業して、自分の「未来」を考えた時、遙は迷いながらも、柾鷹と出会い、一緒に過ごした母校の教員になった。

『こんなところで待ってやがる』

そこで再会した時、柾鷹はそう言った。

遙にしてみれば、待っていた、というより、試した、という感覚が近いのかもしれない。

十年も会わずにいて。それでも、本気だったら捕まえにこい、と。

だから五年もいて何もなければ、きっと友人に誘われるまま、海外で職を得ていただろう。

自由を知って、柾鷹のいない普通の人生を経験して、そして遙も選んだのだ。

少々不自由でも、この男のいる人生の方がきっとおもしろい——。

「言ってたら食いたくなってきたな、焼きそばパン…。誰か買いに走らせるかな…」

「バカ、やめろ。妙なのを大学構内にうろうろさせるなよ」

むー、と顎に手をやってうなった柾鷹に、遙はあわてて釘を刺す。——とはいえ。

「でもひさしぶりにちょっと食べたいな…」

遙もそんな気になってくる。

「今度一緒に行くか?」

にたっ、と笑って、わくわくと柾鷹が誘ってくる。

「一緒には行かない」

「えー、なんでだよっ」

ぴしゃりと言った遙に、唇を尖らせて柾鷹が抗議する。

空白の十年に、一つ、共通の思い出があったようだった――。

end.